おまかせ満福ごはん

三坂しほ

STARTS
スターツ出版株式会社

人情の街、大阪《おおさか》。

京都《きょうと》、大阪間をつなぐ京阪線《けいはんせん》『千林駅《せんばやしえき》』を降りてすぐ。戦前からそのままある『駅前商店街』は今日もたくさんの人で賑わっている。

その商店街の中にある、『キッチンリスボン』は今日も客を招き入れる。

「残り物には福があるねんで」

少し変わった店主が客人に振る舞うのは、人と人とをつなぐ、優しくて温かいどこか懐かしさのある料理——。

目次

おまかせ満福ごはん

第一章　母の味、心温まるパン耳キッシュ

星ひとつないどんよりと曇った空、分厚い雲の奥で月が鈍い光を放つ。九月下旬の少し冷たい夜風は、隣のブランコをキィ、キィという音を鳴らしながら揺らし、私の頬に流れる熱いものをすぐに乾かした。

ぼんやりと空を見上げて、鼻をすする。ブランコの鉄の持ち手部分から伝わる氷のような冷たさを感じて肩を震わせると、止まったはずの涙がまたあふれ出した。

嗚咽《おえつ》を漏らすまいとかんだ唇は、少し血がにじんで鉄の味が広がった。

かさりと足首になにかが当たる感触がして、ゆっくりと顔を下へ向けると、ポタリとスカートに涙が二粒落ちる。どうやら足元に無造作に置いていた買い物袋を蹴飛ばしたらしく、買ったばかりの牛乳と食パンが袋から飛び出て倒れていた。

なにも考えずにぼんやりとそれを眺めていると、突然遠くから公園の砂利《じゃり》を踏みしめる音が聞こえて、それはどんどんとこちらへ近づいてきていた。

ブランコの柵の前辺りまで来たところでその足音は止まる。公園内の頼りない白熱灯が、その人の影を落としていた。

「どうしたん？」

鼓膜を震わす心地よい声。同時に、かさりと先ほど私が買い物袋を蹴飛ばした時のような音がして、ゆっくり顔を上げると、黒いジーンズ、編み目の大きな茶色いベスト、白いシャツが順に目に入って、最後にその人と目が合った。

黒いストレートマッシュの髪に、優しそうな瞳の下には涙袋があって、端正なというよりはかわいらしい顔立ちの青年だった。

高校一年生の私より、少しだけ年上に見える。大学生くらいだろうか。

「具合、悪いん？　大丈夫？」

彼は困ったように眉を下げて、小首をかしげる。片手に提げた買い物袋をかさかさ揺らしながら、私の前まで歩み寄ってきた。

足元に散らばっていた牛乳パックと食パンに気がついた彼は、それを拾って土を払うと袋に丁寧に詰め直し、私の膝の上に置いた。

「親御さん、きっと心配してるで」

彼のその言葉に、喉の奥がきゅっと締まり目頭が熱くなった。

なにも知らないくせに。

ひどく荒《すさ》んだ私の心は、見ず知らずの自分を心配して声をかけてくれるような心温かな人にさえ、苛立ちを覚える。

「もう、ほっといてください」

そう言おうと顔を上げた瞬間、目が合った。

すると、驚いたように彼の瞳が見開かれる。

どこか寂しげで今にも泣き出しそうな表情に、私は驚きと戸惑いで、喉まで出かかっていた言葉がすっと消えてしまった。

「……あの、なんですか」

なんとか出てきた冷たい声でそう問えば、彼はハッと我に返ったようにさらに目を大きくした。そして『なんでもない』とでもいうように首を振ると、私の目線に合わせるようにしゃがみ込み、私の膝の上の買い物袋から出ていた牛乳パックの頭を人差し指でツンとつついた。

「これ、朝ごはんなん？」

予想もしないような質問を唐突にされて、目を丸くした。

彼はふにゃりと笑うとまたツンツンと牛乳パックをつついて、「朝ごはん？」と尋ねてくる。

思わずこくりとうなずくと、彼は「よし」と膝をポンと叩《たた》いて立ち上がった。

「晩ごはん、食べた？」

朝ごはんの次は、晩ごはん。この人はいったいなにが言いたいのだろうか。

怪訝《けげん》な顔で彼の顔を見上げると同時に、きゅるるとお腹が鳴って、私は恥ずかしさで赤くなった頬を隠すように慌ててうつむいた。

そういえば、今朝から忙しくて、朝ごはんの後はなにも食べていなかった。

公園の時計を見ると、短い針は十を指している。近くの小学校から最終下校を知らせる『夕焼け小焼け』の曲が鳴っていたのを聞いたから、とても長い時間ここにいたらしい。お尻も手足もすっかり冷えきっていた。

「食ぱん持って、うちの店においで」

彼は唐突にそう言って、ふにゃりと表情を崩して笑った。

「それに、こんなところにじっとしてたら、風邪ひいちゃうで。悪い人に声かけられるかも知らへんし、おまわりさんに見つかったら怒られちゃう」

私からすれば彼も相当怪しい人に見えるのだが、自分のことは棚に上げて終始私のことを気遣う彼の言葉と、不思議と心を許してしまう穏やかで柔らかな雰囲気、そしてなにより、ひとりきりで家にいたくないと思っていたから、彼が言う『うちの店』についていくことにした。

淀川《よどがわ》の河川敷を下りたところにある『城北公園《しろきたこうえん》』から、川上の方へ高架下を通って歩いていく彼。

数歩遅れて続く私の陰の隣に並ぶ、頭ひとつ分背の高い彼の影をぼんやりと眺めた。

九月とはいえ、日中は熱いが夜は一転して肌寒い。すん、と鼻をすすると、彼はこちらに顔を向けた。

「その袋の中、食パンと牛乳だけ？」

「え？」

私が手に持っている買い物袋を指さして、「袋の中」と首をかしげる彼。

質問の意図がわからず彼の顔を見ると、彼はハッと目を見開いた。

「ごめん、僕、自分のことなんにも言うてなかった。これじゃあ、ただの怪しい人やん」

今頃気づいたの、と心の中で突っ込む。

恥ずかしそうに後頭部をかいた彼は、またふにゃりと笑った。

「僕、千林駅の駅前商店街の中にある『キッチンリスボン』ってところで働いてるねん」

「あ……」

聞いたことのある名前に小さく声を漏らすと、彼は「知ってた？」と少し嬉《うれ》しそうに頬を緩めた。

淀川沿いにある私の高校の近くには、駅前にある、戦前そのままの歴史ある商店街がある。そこにあるキッチンリスボンのことを、クラスメイトが『隠れ家みたいで素敵な店』と噂《うわさ》していたのを小耳に挟んでいた。

「僕、そこで働いてて」

それでな、と続けた彼は、また私の持っている買い物袋を指さした。

「その袋の中身って、他になにか入ってる？」

「……牛乳と食パン、あとはベーコンとチーズです」

いったいなにが言いたいのだろうか、と眉を寄せて、そう答える。

「それって、ちょぴーっとだけ使《つこ》うても構わへん？」

まるで悪戯《いたずら》を仕掛ける前の子供のように、彼はあどけない表情を浮かべた。


数十分ほど歩いて、駅前商店街の入口に到着した。

時間が遅いだけにどの店舗もシャッターを下ろしていて、昼間の賑《にぎ》わいを感じさせない静けさだ。白く光る街灯だけが灯っていて、なんだか別の場所に来てしまったかのように思えた。

彼は迷うことなくその中をどんどん進んでいく。

キッチンリスボンは商店街の端っこの方にあるのか、ずいぶんと歩いてきた。そして何度目かの角を曲がった先に、その店はあった。レトロモダンな外観で、赤れんがの壁と、木の窓枠のガラス窓にはステンドグラスが埋め込まれている。

くすんだ水色の屋根からオシャレなカンテラがぶら下げられていて、柔らかいオレンジ色の光を放っている。屋根の上には、【キッチンリスボン】と書かれた看板がカンテラと同じ光で照らされていた。

「ほら、どうぞ入って」

彼は鍵を開けると私を招き入れた。

電気のスイッチが押されると、優しいオレンジ色の照明がついて店内が明るくなる。

「カウンター座ってな」

振り返った彼は、私が手に提げていた買い物袋を指さした。

「それ、もらってもええ？」と尋ねられ、私がゆっくり差し出すと、彼は微笑んだ。

そして「おおきに」と受け取ると、店の奥へ消えていった。

私は言われた通り、八人が座れるカウンター席の一番隅に腰かける。

カウンターの前は厨房《ちゅうぼう》になっていた。天井から吊《つ》るされた食器棚にはカラフルでユニークな形の食器が収納されていて、壁にはフライパンがいくつもぶら下げられている。

改めて周囲を見渡せば、店内は落ち着いたクリーム色の壁紙で統一されていて、細密な模様のタペストリーがたくさん飾られている。机やイスは形や大きさがマチマチで、大きい木のテーブルや座り心地のよさそうな赤いソファー、脚の長いイスなんかが並んでいた。

カウンターの横には、鉢に植えられた苗木のような大きな観葉植物が、脚立には本や花瓶、地球儀などが置かれていて、アットホームな雰囲気が居心地いい。

ふっと肩の力を抜いた時、店の奥から黒いエプロンをした彼が出てきた。私と目が合うなり、あの気が抜けたようなふにゃりとした笑みを向けてくる。

「うちの店な、お客さんが家で残ったおかずとか食材を持ってきてくれたら、ワンコインでごはん作ってるねん」

彼は私が渡した買い物袋から食パンを取り出した。

残り物で料理を作るお店なんて聞いたことがない。どうしてそんなサービスを提供しているのだろうか。もしかして変な店に来てしまったのかもしれない、と身を固くする。

どうしよう、やっぱり帰ろうかな。

こちらに背を向けて買い物袋の中を確認している彼をちらりと見て、『やっぱり今のうちに帰ろう』と少し腰を浮かせた、その時。

「心がしんどい時は、あったかいものを食べるのがええよ」

振り向きざまに、そう続けて再び微笑んだ彼から、思わず目を反らしてしまった。

唇をかみしめてうつむく。

『依、まだ泣いているの？　ほら、晩ごはん食べよう。つらい時こそ、しっかりごはんを食べないと』

突然よみがえった幼いころの思い出。記憶の中で私に笑いかけるお母さんの姿に、私の胸はきゅっと痛んだ。

しばらくして、トントントンとリズムよく包丁がまな板に当たる音と、お鍋でなにかをグツグツ煮る音が聞こえ始めた。

少し視線を上げると、彼が動くたび、黒いエプロンの後ろで蝶々結《ちょうちょうむす》びされた紐《ひも》が尻尾みたいに揺れている。

ああ、こうして料理している人の後ろ姿を見るのはいつぶりだろうか。

そう考えると、喉の奥がぐっと締まって、また目頭が熱くなった。

ジュワッとなにかを炒《いた》める音がして、なんだか懐かしい匂いがしてくる。

そっと目を閉じて包丁の音、お鍋の音、炒め物の音に耳を傾ける。すると、心地いい音と懐かしい匂いのせいか、不思議と心が安らいでいった。


どれくらい時間が経ったのだろう。音に耳を傾けたまま目を閉じていたら、コトンと目の前にお皿が置かれる音がして、ハッと目を開ける。

「お待ちどうさん」

タオルで手を拭きながら微笑まれ、私はゆっくりと視線をテーブルの上に落とした。

ホクホクと上がる白い湯気と共に、優しい匂いが鼻腔《びくう》をくすぐる。

それは、ケーキのように三角形に分厚くカットされたキッシュだった。表面のチーズが程よく茶色に色づいて、香ばしい香りを漂わせている。カットされた面からはベーコンが見えていた。

「おいしそう」と思わず頬が緩む。

「食パン一斤あったから、残りがちなパン耳の部分を使ってん。だから、パン耳キッシュやで」

「パン耳キッシュ……」

「はい」と渡されたフォークを受け取って、キッシュにそっと差し入れる。すくって口に運ぶと、やっぱり昔食べたことがあるような、どこか懐かしい味がした。

昔、私が寝込んだ時にお母さんがよく作ってくれた、パンを牛乳で煮込んだパン粥《がゆ》が脳裏に浮かぶ。

ああ、そうか。あのパン粥に似てたんだ……。

フォークをテーブルの上に置いてうつむいた瞬間、目から大粒の涙がこぼれた。それは頬を伝って、ボタボタとテーブルの上に落ちていく。

嗚咽を漏らすまいと強く唇をかんで肩を震わせていると、頭に大きな手が乗せられた。

心を温かくするぬくもりのある料理を作る手。私は、こんな手を持っていた人をよく知っている。

「おいしい？」

「……おいしいです。すごく」

「そらよかった」

どこまでも穏やかな声が届き、胸がいっぱいになった。

「お腹が満たされたら、次は心のしんどいものを吐き出すのがええねんで。……僕に話せる？」

柔らかく微笑んだ彼のその言葉に導かれるように、私はポツリポツリと口を開いた。

——今日は、お母さんの四十九日法要だった。

もともと体が弱かったお母さん。最期は病院で眠るように亡くなった。

お通夜もお葬式も初七日も、あっという間に過ぎてしまい、けれどもなぜか涙は出なかった。

お父さんは単身赴任をしていて、家にいるのも月に数日間だけ。だから、私がしっかりしないといけないんだ、とずっと気を張っていたのかもしれない。

だけど、法要が終わって後片付けが済んでから買い物に行った帰り道、昔よく遊んだ公園の前を通った瞬間、突然目頭が熱くなった。心が悲しみに追いついたのかもしれない。どうしようもなく寂しくなって、苦しくなったのだ。

いつまでも泣いてはいられない。明日は学校だし、洗濯に洗い物と、やることがたくさんあるのに、涙が止まらなかった――。

今、私が置かれている状況、胸のうちをすべて彼にぶつけた。私の嗚咽だけが店内に響く。

すると、それまで黙って話に耳を傾けてくれていた彼が私に背を向けてゴソゴソとなにかを始めたかと思うと、ゆっくり振り返り、私の前に土焼きのコップを置いた。

ぼやけた視界の先に映ったのは、コップに入った一杯の牛乳だった。

手の甲で頬をぬぐって彼を見上げる。

「これ……」

「牛乳やで、お母さんの味や」

私は目を見開いて、穏やかな表情で笑う彼を見上げた。

「今日まで頑張ってきたんや、今日くらいお母さんを想って泣いても誰も悪く言うたりせん」

震える手でコップに手を伸ばして、そっと口をつけた。

いつもと変わらない味のはずなのに、今日はいっそう優しい味がしたように思えた。

『ほら依《より》、あーんして』

寝込む私の頭をなでながら、パン粥を食べさせてくれるお母さんの微笑む顔が脳裏に浮かぶ。

うわあ、と声をあげてカウンターに突っ伏して泣いた。

大きな手がまた頭をなでてくれる。

「ほら、キッシュも温かいうちに食べや」

そう促され、ゆっくりと顔を上げて、キッシュをフォークですくう。ボロボロと涙をこぼしながら、フォークを口に運んだ。

おいしい、とても。

「お腹いっぱいになると、心も満たされるんやで。だから悲しい時もしんどい時も、しっかりごはんを食べたらええ」

身を乗り出してカウンターに頬杖《ほおづえ》をついて、ふにゃりと笑ったお兄さん。頭に乗せられた彼の手は、やっぱり温かかった。


翌日の放課後。私は昨日の晩と同じ道を、今日は自転車を押しながら歩いていた。

「唐揚げ、五百グラムちょうだい！」

「できたてのおいなりさん！　晩ごはんにどうですか～」

夜とは打って変わって、晩ごはんのおかずを求める主婦層が多く、活気のある風景。

店頭に立つおばさんが笑顔でお客さんに話しかけている。

いろんな食べ物の匂いが漂ってきて、思わず頬が緩んだ。

なにか帰りに買って帰ろうかな。

そんなことを考えながら目指すのは、キッチンリスボンだった。あのお兄さんに昨日のお礼を言うためだ。

昨晩はキッシュを食べた後、『もう遅いし、はよ帰りな』と促され、お礼を言いそびれてしまった。

号泣してしまった手前、会いに行くのは気が引けたのだけれど、やっぱり行くことに決めたのだ。だって、あのお兄さんのキッシュを食べたおかげで気持ちの整理がつき、前向きになれた気がしたから。きちんと感謝の気持ちを伝えたかった。

角を何度か曲がるとくすんだ水色の屋根が見えてきて、オレンジ色の光を放つ看板が見えた。歩行者の邪魔にならないところに自転車を止めて、ちらりと窓から中をうかがう。

いいタイミングに来たのか、幸い誰もいなかった。

よし入ろう、と腹をくくり、キッチンリスボンのドアを押す。

ドアにつけられたベルがカランと鳴ると、厨房に立っていたお兄さんが笑顔で振り向いた。

「いらっしゃい……あ、昨日の」

少し目を丸くして私の顔をじっと見る彼に、小さく会釈する。

彼は嬉しそうに口角をあげると、私に手招きをした。

「いらっしゃい。どうぞ、カウンター座ってな」

「あ、ありがとうございます」

昨日と同じ場所に腰かけると、お兄さんはレモンの入った水を私の前に置いた。そして身を乗り出してカウンターに頬杖をついてふにゃりと笑う。

「あの、昨日のお礼を言いたくて」

「お礼なんて別にええのに。ここの常連さんなんて、我が物顔で居座って帰っていくで」

ふふ、と頬を緩めたお兄さん。

「でも、ちゃんと伝えたくて。昨日は、ありがとうございました」

そう言って頭を下げると、またあの温かい手でポンポンと頭をなでられた。

「おいしかった?」

「はい、とても」

大きくうなずけば、お兄さんは「そらよかった」と目を細めた。

あまりにも優しい顔を向けられて、胸が波打つ。恥ずかしさに思わずうつむき、沈黙が流れた。

えっと、どうしよう。お礼を言う目的は達成できたし、私は帰るべきだよね。でも、お兄さんがじっとこちらを見ている気がするし、なによりもこの無言の時間が気まずい。立ち上がるタイミングを逃してしまった。

「なああ、大根おろしの話、知ってる？」

「……はい？」

唐突に質問されて、怪訝な顔でお兄さんを見た。相変わらずカウンターに頬杖をついてニコニコと笑っている。

「イライラしてる人が大根おろし作ったら、辛くなるって話」

「……えっと、ごめんなさい。知らないです」

「大根おろしの辛み成分はな、すりおろしたり切ったりして細胞が壊れることで、初めて化学反応により生成されるねん。だから、イライラした人がガシガシと乱暴にすりおろすと、辛くなっちゃうんや」

そうなんだ、と目を丸くしながらうなずくと、彼は言葉を続けた。

「だから、心穏やかに温かい気持ちで料理しないと、おいしいごはんは作られへん」

彼の言いたいことはなんとなくわかった。けれど、なぜ今突然にその話を始めたのだろう。

私が困惑気味にうなずけば、お兄さんは厨房から出てきて、店の端っこに設置されていた本棚に立てて置いていたファイルを手にし、私の隣に座った。ファイルから一枚のＡ４の紙を取り出し、テーブルの上に置く。

少し日焼けした茶色い紙には、【キッチンリスボン　アルバイト急募！】と書かれていた。

「僕な、それって料理を運ぶ人にもそのまま当てはまると思うねん。だから、うちでアルバイトせえへん？」

これまた唐突に言われて、目を瞬かせる。

「え？」と聞き返すと……。

「実は、ずうっと前からバイトさん募集してるねんな。『急募』って書いた紙を掲示板やら求人誌に載せ続けて、早一年が過ぎてもうた。けど、ええ人が見つからへん」

眉を下げて悲しげな表情を浮かべた彼。

「それは、大変ですね」

同情の言葉を返すと、彼は私の前にその紙をスッと滑らせた。

「でも、見つけた」

「え？」

困惑気味に、その紙と彼の顔を交互に見る。

「温かい心を持った優しい子」

ふにゃりと笑ったお兄さんに、私は慌てて否定した。

「わ、私、温かくも優しくもないです」

だけどお兄さんは、微笑みを浮かべながら静かに首を振る。そしてもう一度、「バイトさんとしてうちで働かん？」と繰り返す。

困ったな、と眉根を寄せた。

家のことだってあるし、学校の勉強だってこれからどんどん難しくなっていくわけで、アルバイトをする余裕もすぐになくなってしまうだろう。そうなると、彼にも迷惑がかかってしまう。

申し訳ないが断ろうと口を開くと、お兄さんは私の顔の前で三本指を立てて突き出した。

「三カ月。まずはお試しで三カ月働いてみん？　人手不足で困ってんねん。君に頼みたい。忙しい時は遠慮なく『休みたい』て言うてくれて構わへんし、夜も遅ならんようにする」

眉を下げて笑ったお兄さんに、私は返事に迷ってしまった。本当に困っている様子なのにきっぱりと断ってしまうのは良心が痛むし、気が引ける。

それに、昨日私が家の事情を話したからか、お兄さんはシフトを融通すると申し出てくれた。幸いリスボンは学校からも家からも近く、自転車で行ける範囲内だ。

そこまでお願いされて、私は苦笑いを浮かべた。

「あの、それじゃあ……とりあえず三カ月で」

おずおずとそう申し出れば、お兄さんはパッと表情を明るくした。

「ホンマにうちで働いてくれるん！」

「とりあえず三カ月、ですよね？」

念を押すように聞き返すと、お兄さんは何度も深くうなずいて満面の笑みを浮かべた。

「ああ、まだ自己紹介してへんかったよね。僕の名前は、世良陽人《せらはると》です。この商店街の人たちからは『ハル』って呼ばれてます」

世良陽人さん、ハルさん。

心の中で名前を繰り返した。

「笠原《かさはら》依《より》です。よろしくお願いします」

そう言って小さく頭を下げると、ハルさんはまたふにゃりと笑った。

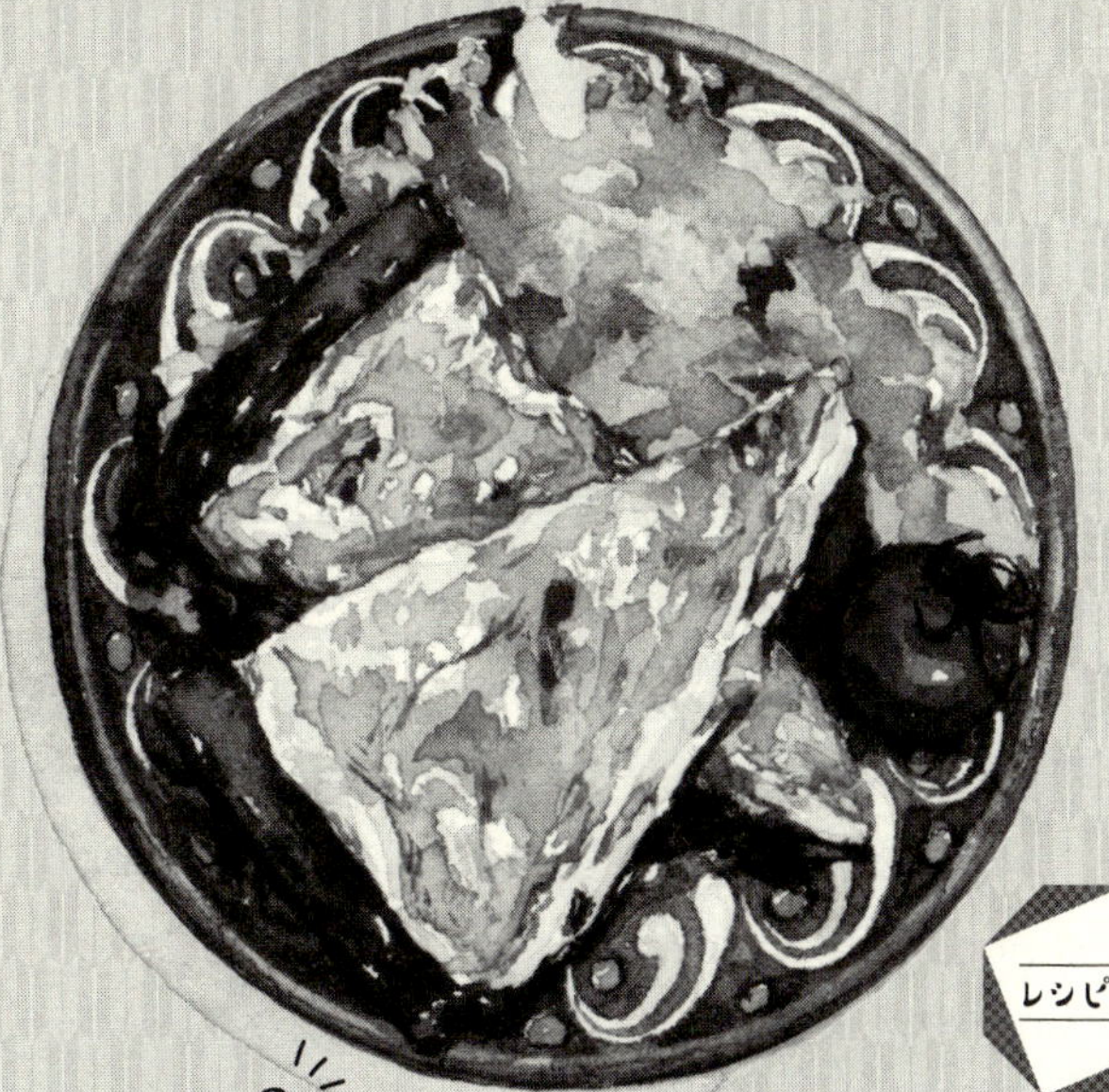

レシピ1

心温まるパン耳キッシュ 福

材料（2人前）

- 食パン（4枚切）…2枚
- 牛乳………………大さじ2
- たまご……………2個
- 玉ねぎ……………1/4個
- ベーコン…………1枚
- 残り野菜
（しめじ、ほうれん草など）
- 塩、コショウ…少々
- とろけるチーズ…2枚
- クリームチーズ…適量
（マヨネーズでも可）

作りかた

❶ 玉ねぎ、ベーコン、残り野菜を細切りにする（ホウレン草を入れるときは下茹でする）
❷ フライパンで❶を炒め、塩、コショウする
❸ ボウルで、たまごと牛乳を混ぜる
❹ 食パンの中身をくり抜くように切り目を入れ、底に押しつぶし、器を作る
❺ 器の底にクリームチーズをぬり、❷と❸を入れ、とろけるチーズをのせる
❻ トースターのピザモードで15分ほど焼いたら完成

第二章　和と洋のマッチ、豆腐茄子ハンバーグ

働き始めて数日が経ち、そして土曜日の朝。私はリスボンへと向かった。自宅のある大阪市《おおさかし》都島区《みやこじまく》から自転車で十数分の距離なので、朝のすっきりした空気を感じながら、淀川の土手沿いを進む。

今日は初めての休日出勤の日だ。

リスボンが開くのは意外と早くて、平日は九時、休日は八時から開き、夜の八時まで営業している。私は、平日は学校が終わるとそのままリスボンへ向かい閉店時間まで、休日は昼休憩を挟んで開店から閉店まで働くことになった。

アルバイトはしたことがなかったが、お客さんにお冷を出したりお会計をしたり、とすぐに覚えられる仕事が多く、リスボンの仕事にもすぐに慣れることができた。

土手を下りて自転車を押しながら商店街へ入ると、どの店もシャッターはもう既に開けていて、朝の仕込みや準備を始めていた。昼間や夕方と比べると賑やかさはないけれど、それでも活気に満ちた雰囲気だ。

リスボンの店裏に自転車を止めて、【クローズ】の看板を横目に、店のドアノブに手をかける。

なんとなくのぞいた小窓から、まだ開店前にも関わらず、老若男女問わずたくさんの人がカウンター席に座っているのが見えた。不思議に思いながらドアを開けた。

ドアのベルがカランと鳴ったことで、「いらっしゃい」とハルさんが振り返る。そして目が合い、私だと気づくなり柔らかく微笑んだ。

「おはよう、依ちゃん。依ちゃんのエプロン用意できたで。そこに置いてあるのん、着てくれる？」

ハルさんは、カウンターの隅に置いてある黒いエプロンを手にした木ベラで指した。

「はい」

今まではエプロンを持参していたのでありがたい。

すると、そんな私たちのやりとりを聞いた、カウンター席に座っていた人たちが一斉に振り返った。

その迫力に私がおののいていると、ハルさんが皆に向かって「こらこら」と笑いながら注意する。

「依ちゃんビックリしてるやん、皆やめや」

それから私を手招きする。

私はカウンターのエプロンを手に取って、ハルさんに近寄った。

「ハルちゃん、いつの間に彼女できたん！」

「よっ、色男！」

カウンターの右端に座る、巻き髪が素敵な、姿勢のいい六十代くらいのおばさんが嬉しそうに言うと、その隣に座る、銀髪に近い色の短髪に細くねじったタオルを巻いているガタイのいいおじさんも破顔して、ヒュウッと口笛を鳴らして手を叩いた。

さらに、短髪で体格のいい優しげな顔立ちの、二十代くらいの男性が、読んでいた新聞から顔を上げて「ハルもそんな年頃か」と感慨深げに深くうなずいている。

「え、いや……あの」

私は慌てて首を振った。

「彼女ちゃうよ、バイトさん。それで瑠美子《るみこ》さん、なににすんのん」

焦ることもなく、笑いながらやんわり訂正したハルさん。

「なんや、ハルちゃんにも春が来たんかと思ったのに。あ、うちモーニングセットで、卵は半熟な」

「おいハル、ホットサンドまだか！」

「はーい、ちょっと待ってなあ」

厨房でこちらに背を向けてフライパンを揺するハルさんは、柔らかいのんびりとした声で返事をした。

しばらくして、おじさんの前にホットサンドの乗ったお皿を置いたハルさんは、流れるような動作で『瑠美子さん』と呼ばれた人の前に木製の皿を置いた。

「瑠美子さんのハムエッグは、特別にハートなあ」

「いやん！　ハルちゃん、私、人妻やで～」

頬に手を当てて、うふふと笑った瑠美子さん。

すると隣に座っていたおじさんが「アホちゃう」とつぶやき、瑠美子さんに背中を叩かれていた。

皿の上に載ったハート型のハムエッグからは白い湯気が上がり、黄身はちょうどいい半熟でぷるんとしている。トーストは、熱でじんわりと溶かされたバターが広がっていた。

かわいいなあ、と感心しながらそのハムエッグを眺めていると、ハルさんがトントンと私の肩を叩いた。

「それな、細長い魚肉ソーセージを途中までさいて、反対側に反らしてハート型にして爪楊枝《つまようじ》で留めたやつに卵を流してるだけやねん。簡単やからお家でやってみて」

「はい」

大きくうなずけば、ハルさんは嬉しそうに微笑んだ。

「ほな、ちょぴっとだけ案内するな。やっと昨日の晩に片付いて、使えるくらいまでになってん。ずっと荷物を店の端っこに置いといてもらうわけにもいかんしなあ」

そう言って、タオルで手を拭きながら厨房から出てくると、お客さんたちにひと声かけて、私の背中を軽く押しながら店の奥へと歩いていく。

奥には茶色いドアがあり、そこを開けると簡単な机やイスが並んでおり、大きな棚が備えられていた。壁際にはいろんな置物やらダンボールが置かれていて、部屋全体がごちゃごちゃしている。

「ここは事務室にしてるところやけど、ほとんど倉庫やねん。荷物はここにおいてな」

言われた通りにバッグをテーブルの上に置き、手に持っていたエプロンをサッとつける。

すると、「ちょっと待って」とハルさんが私の後ろに回り、くすりと笑った。

「依ちゃん、これじゃ縦結びや」

結び直してくれているのか、ぎゅっと紐が引っ張られる感覚がして、「ん、完璧」とハルさんが私の背中をとんと叩いた。

「あ、ありがとうございます」

はにかみながらお礼を述べる。

ん、とハルさんは微笑んだ。

「ほんなら、まずはテーブル拭いてくれる？」

「はい、わかりました。……あの、ハルさん。まだ開店前なのにどうしてお客さんが来ているんですか？」

もしかしたら私は開店時間を間違って覚えていたんじゃ、と不安になりながら尋ねる。

「あの人たち、ここの商店街の人たちやねんけど、いつも土曜日と日曜日は開店時間の前に特別に朝ごはん出してるねん」

だから親しげにハルさんと話していたのか、と納得してうなずく。

事務室兼倉庫を出てホールへ戻ると、瑠美子さんたちが一気に話しかけてきた。

「依ちゃん言うねんな？　よろしくな、うち八百屋やってるから、ハルちゃんと遊びに来て」

「は、はい。よろしくお願いします」

小さく頭を下げると、一番近くにいたおじさんが私の背中をバシバシと叩いた。

「ハルはちっとばかし変人やけど、よろしく頼みますわ！」

「確かにハルは変人やな」

カウンター席の一番端に座って新聞を読んでいた若い男性も、同調してケラケラと笑う。

「ひどいなあ、タツオさんも、結弦兄《ゆづるにい》も」

そう笑ったハルさんは、たいして気にしていない様子だった。

「やっと見つかったバイトさんやで、大事にしいや〜」

ひととおりハルさんをからかった商店街の人たちは、次々と「ほな、ごちそうさん」と席にお金を置いて立ち上がり、店から出ていった。

気がつけば、カウンター席の一番端に座っていた男性だけになっていた。

「ハル、今日はよろしく頼むな」

「任せて、結弦兄」

新聞を畳んで男性が声をかけると、ハルさんは微笑みながら大きくうなずく。

今日はなにかあるんだろうか。

私が首をかしげていることに気がついたハルさんが、すかさず説明してくれる。

「今日は、結弦兄の婚約を祝う宴会が商店街の集会所であるねん」

結弦さんは照れを隠すように苦笑いで首の後ろをかいた。

「わあ、おめでとうございます」

小さく微笑んで頭を下げる。

「ありがとう。依ちゃんもよければ、顔出してな」

立ち上がった結弦さんは新聞を棚に戻すと、「ハル、ごちそうさん」と声をかけて店を出ていった。


朝のリスボンは客の出入りも少なめだったが、十一時を過ぎるとそこは戦場と化していた。次から次へとお客さんが入ってくるが店の回転はいいほうで、ハルさんは次々と注文されたものを作り上げていく。

私は少々パニックになりながらも、何度か行ったことのあるカフェの店員さんの無駄のない動きを思い出しながら、注文をとったりお会計をしたりと必死に働いた。

そして午後一時過ぎ、ようやく客足が落ち着いた頃。昼時の忙しい時間が終わり、リスボンも昼休憩の時間になった。

私はカウンターに座り、深いため息をついた。

「お疲れさん、依ちゃん」

ハルさんが労《ねぎら》うように声をかけてくれ、オレンジジュースの入ったグラスを私の前に置いた。

「ありがとうございます……」

目まぐるしい忙しさで火照《ほて》った体に、ジュースの冷たさが心地よい。ふう、と小さく息を吐き出した。

「僕なにも教えてないのに、いきなりこんなんでホンマにごめんな」

「いえ、そんな。厨房のハルさんのほうが大変じゃないですか」

慌てて小さく首を振ると、ハルさんは「ありがとうな」と微笑んだ。

「それにしても、大繁盛ですね。いつもお昼時はこんな感じなんですか？」

平日のお昼時の様子を知らないので、不安になった。

ふたりでさえあの忙しさだから、ハルさんがひとりの平日はいったいどうしているんだろう。

「平日はお客さんあんまり来《き》いひんし、そんなに慌ただしくないで。それに、お客さんがいっぱい来るからこそ、リスボンやしなあ」

どういう意味だろう、と首をかしげると、ハルさんは店に飾られていた地球儀を持ってきて、私の前に置いた。そしてくるくると地球儀を回し、ヨーロッパのポルトガルを指さした。

「十五世紀から十七世紀中頃に、ヨーロッパ諸国が新大陸や新航路を次々と発見していった大航海《だいこうかい》時代っていう時代があってんな。その中でポルトガルの首都・リスボンは海に面してるから、船を使った新大陸との貿易でめっちゃ栄えてん」

そうなんだ、とひとつうなずくと、ハルさんは続けた。

「リスボンを出発点に、今まで出会うことのなかった人たちとたくさんつながって、そしてリスボンは栄えた。だから、うちの店もリスボンみたいにいろんな人とつながることができる場所になりますようにって願いを込めて、店名を『リスボン』にしたらしいで。もう死なはったけど、僕のおじいちゃんが定年退職した後にこの店を建てて、つけた名前やねん」

「なるほど、リスボンのように栄えますように、ということですね」

「その通り」とふにゃりと笑ったハルさんは、「さて」とつぶやきながら手を打った。

「今からまかない作るから、ちょっと待っててなあ」

そう言うと、こちらにくるりと背を向け、冷蔵庫を開けてゴソゴソと漁りながら、「うーん」とうなる。

「せやせや、おととい使うた玉ねぎが半分あった。あれ？　あかんあかん、賞味期限もう切れちゃうやん、このツナ缶。あとはほうれん草くらいかあ」

ハルさんはブツブツとつぶやきながらそれらを取り出し、台の上に並べて首をひねった。そして、「よし決めた！」と小さくつぶやくと、早速包丁を握る。

トントンと包丁がリズムよくまな板に当たる心地いい音が聞こえ始め、私はその音に身をゆだねるように静かにまぶたを閉じた。

数十分後、ふわりとおいしそうな匂いが漂ってきて目を開ける。

振り返ったハルさんがお皿をコトンと置いた。

「ツナとほうれん草のクリームパスタやで」

「わあ」

くるんとオシャレに盛られたパスタにかかるクリームソースを絡めたほうれん草とツナ、コーンが彩り鮮やかでかわいらしい。濃厚なホワイトソースのいい匂いに、食欲がそそられる。

ハルさんも自分の分を私の横に置き、厨房から出てきて座った。フォークを差し出し、「どうぞ、召し上がれ」と目を細めて微笑む。

「いただきます」

手を合わせてから、フォークを取った。パスタをくるくると巻きつけて、最後にほうれん草と一緒に口の中へ運ぶ。優しいクリームソースの味が広がって、ツナの塩っぽさといい感じにマッチしている。

「おいしい……！」

「そらよかった。おいしいもの食べて笑顔になったら、きっと福がやってくるんやで」

嬉しそうに微笑んだハルさんも、「いただきます」と手を合わせた。

「〝福〟がやってくる？」

「そう、リスボンのコンセプトは、『残り物には福がある』やねんで、依ちゃん。僕がこの店を継いだ時、そう決めてん」

「残り物には福がある……」

繰り返すようにつぶやけば、ハルさんはパスタを頬張りながら、ひとつ深くうなずいた。

「僕が十六歳の時にお父さんが死なはって、頼れる人がおらんくて『これからどないしよ』って時に、ある人が晩ごはんの残り物をおすそ分けしてくれてん。それが、ビックリするほどおいしくて」

タッパーに詰められたただの残り物やのに、涙が出るほど心がぬくもってん。

そう続けたハルさんに、私も先日食べたパン耳キッシュを思い出した。

残り物になりがちなパン耳を料理してくれたハルさん。

それを食べた私も、十六歳のハルさんと同じだった。思わず泣いてしまったくらいおいしくて、その後は心が温かくなれた。

「だから、『残り物には福がある』やねん。僕がしてもらったように、料理で誰かを幸せにできたらなあって。だから、お客さんが持ち寄った残り物とか食材を料理して、心もお腹も幸福で満たされる〝満福ごはん〟を提供してるんや」

フォークをテーブルの上に置き、「満福ごはん」とつぶやいてみると、なんだか胸の奥がポカポカしてくる。

「せやで、うちの料理は〝満福〟になれるんや」

私が「素敵なコンセプトですね」と微笑むと、ハルさんは嬉しそうにうなずいた。

「さあ、依ちゃん。ごはんも食べたし、お昼休憩なくなる前に買い出し行こか」

ハルさんはエプロンを脱ぎ、事務室からナイロンのエコバッグを手に戻ってきた。

「はい」と返事をし、私も慌ててエプロンを脱いだ。

「宴会の分の食材も買わなあかんなぁ」

「ハルさんが作るんですね」

「うん。商店街で宴会することになったら、いつも僕が作ってるなあ。今日は婚約のお祝いやし、豪華にせなあかんわあ」

商店街を歩きながらそんな会話をする。

聞くと、婚約した本田結弦《ほんだ》さんは二十六歳で、この商店街のもう少し奥にある『かる芭《ば》』という和菓子屋さんの跡取り息子らしい。そして結婚相手の加藤毬江《かとうまりえ》さんは結弦さんよりもひとつ年下で、同じくこの商店街の『花鳥《かとり》』という和菓子屋さんの長女なのだとか。

「今日は忙しくなりそうやなあ。依ちゃんが来てくれてホンマによかった」

ハルさんは、ふにゃりと表情を崩して笑った。

八百屋、肉屋とふたりで商店街を巡っていくと、どの店もハルさんが顔を出すと同時に、店員さんが「いつもおおきに」とハルさんのエコバッグに次々と食材を詰めていく。また、道ゆくおばさんたちは皆顔見知りなのか、声をそろえて「おはよう、ハルちゃん」と声をかけていた。

「みんな知り合いなんですね」

「ぼくは、ここで育ったようなもんやからなあ。困った時も、よう助けてもらってたし、みんな家族みたいなもんやで」

少し頬を赤くしながら教えてくれたハルさん。

そういう温かい雰囲気のある商店街ってなんだか素敵だな、と笑みがこぼれた。


そして午後四時過ぎ、リスボンをいつもよりも早めに閉めて、ハルさんは宴会に出す料理を作り始めた。

ハルさんは『帰ってもええよ』と言ってくれたのだけれど、ちょうどリスボンへ宴会に出す料理の様子を見に来た瑠美子さんに『よかったら、手伝《てつど》うて』とお願いされ、私はふたつ返事で宴会の準備を手伝うことにした。

宴会が開かれるという集会所へ赴くと、大歓迎された。宴会場のセッティングを担当しているのは商店街で働く女性陣らしく、気軽に話しかけてくれる人が多かったからすぐに緊張がほぐれた。

「依ちゃん！　机そっちにやって！」

「依ちゃーん、今手ぇ空いてる？」

私は「はい！　今行きます」と返事をしながら、あちこちを駆け回った。

掃除やら設置が終わって、夕日が傾きかけた頃、雑談をしながら皆でひと息つく。

「このところはハルちゃんがバイトさんを雇うことになったって、うちらの中で大騒ぎやってんで」

瑠美子さんとは幼馴染《おさななじみ》である金物屋『カネキ』の明代《あきよ》さんがそう言えば、周りの人がうんうんとうなずいた。

「あのハルちゃんやもんなあ」

「『あの』って、どういうことですか？」

瑠美子さんがしみじみとつぶやいた言葉が引っかかり、聞き返す。

「ハルちゃんって、博愛主義というかなんというか。とりあえずわたあめみたいにフワフワしてるやろ？　そんな性格やからか、雇ったバイトさんともうまくいかへんみたいやねんなあ。それに、ハルちゃんの審査基準を通過する人は少ないし」

「そうそう、〝ハルちゃん基準〟な」

誰かが同調すると、どっと笑いが起こった。

あんなに優しくて大らかなハルさんとうまくいかないなんて、そんなことあるのだろうか。

「要は、ハルちゃんのあのフワフワした性格にイラッとせえへん、そして黙ってうんちくを聞くことができる人が〝ハルちゃん基準〟を通過するんや」

「うんちく、ですか？」

首を捻りながら思い出す。もしかして店の名前の由来を教えてくれた時のアレはうんちくに該当するのだろうか。だとしても、私はハルさんのうんちくを聞くのがけっこう楽しかったけれど。

質問すると、周りにいた人みんなが深くうなずいた。

「まあ、うちらはハルちゃんが語り出してもほとんど無視してるから、依ちゃんも聞き流したらええよ」

そんな雑談をしていると、宴会場の扉がガラッと開く音がして「お邪魔します〜」とハルさんの間延びした声が響き、続くように何人もの足音が近付いてきた。

「料理できたで」

ハルさんはふにゃりと笑うと、両手で持っていた鍋を軽く掲げた。

わっと歓声があがり、私たちはハルさんの後ろに同じようにして鍋を持っていた商店街の男性陣に駆け寄り、それらを受け取った。

「お皿出すで！」

「よしきた！　ほいきた！」

瑠美子さんのかけ声と共に、また慌ただしく動き始めた。

ほとんどの設置が終わって各々がくつろぎ始めた頃、私は帰り支度を整えてハルさんに歩み寄った。

「ハルさん、私そろそろ……」

「依ちゃん、帰っちゃうん」

ハルさんのその声を拾った周りにいた人たちがこちらを見る。

「依ちゃん、予定あるん？」

瑠美子さんがすかさず聞いてくる。

「いえ、特には……」

「ほな、おったらええやん！　ほれほれ、座りぃな！」

グイグイと肩を押され、ハルさんの隣にぺたんと腰を下ろした。

「大勢のほうが楽しいでな！」と笑った瑠美子さんは、端っこの方で既に皆と酒盛りを始めている旦那さんに、「アンタら、なに先に飲んでんねん！」と怒鳴りながら去っていった。

「ここは賑やかでええやろ」

ふふふ、と微笑みを漏らして水を飲んだハルさん。

確かに、宴会場には二十人近くいるので賑やかだ。私も笑いながらうなずいた。

「ハルさんはお酒飲まないんですか？」

「うん、僕はええよ。ここで飲んだら皆にぐでんぐでんになるまで飲まされるから、あかんあかん」

そう言えば、ハルさんって何歳なんだろう？

名前と、リスボンの店長ということしか知らないことに今さら気がついた。

お酒を飲めるということは、二十歳を過ぎてるはず。見た目からすると、二十一、二くらいかな。でも、ハルさんは平日もお店を開けているから、大学には通っていないはず。

「あの、ハルさん」

「ん？」

「ハルさんって、何歳なんですか？」

唐突に尋ねると、ぽかんと口を開けたハルさん。しかし、すぐにいつもの笑顔を浮かべた。

「えらい険しい顔してると思ったら、そんなこと聞きたかったんか。僕、二十五歳やで。依ちゃんより十個上かな」

二十五歳！　まさか私より十個も上だなんて思ってもみなかった。

驚きで目を丸くしていると、ハルさんは「そないにビックリすること？」と苦笑いを見せる。

「僕、童顔かなあ」と頬に手を当てたハルさんに慌てて首を振った、その時。

「こんばんは」

挨拶と共に入口から複数の足音が聞こえてきて、ガラッと扉が開いた。

結弦さんだ。そして、結弦さんの後ろの小さな影に気がついた皆が頬を緩ませた。

「結弦くんと毬江ちゃん！　やっと来た！」

「主役のお出ましや～」

歓迎する皆の前でぺこりと頭を下げる、毬江さん。ふんわりした雰囲気のかわいらしい女性だ。

瑠美子さんたちに背中を押されて、ふたりは席についた。毬江さんのご両親らしきふたりが、商店街の人たちに頭を下げている。

「さあ、始めよか！　誰か音頭とって！」

「ふたりの婚約と幸せを祝って、乾杯！」

「乾杯！」と大勢の声が響き、グラスがカチンと当たる音がすると、宴会場はわっと賑やかになった。


「ハル、依ちゃん」

開宴から一時間くらいが過ぎて、お酒を飲んですっかりできあがったおじさんたちが歌い出すのをハルさんと笑いながら見ていると、結弦さんが声をかけてきた。隣には毬江さんもいた。

「ハル、今日はありがとな」

結弦さんがハルさんの肩をポンと叩く。

「依ちゃんもありがとう。わざわざ手伝ってくれたって聞いたで」

「いえ、そんな。私こそ、お招きいただいてありがとうございます」

そう頭を下げると、結弦さんは小さく微笑んだ。

「毬江、ハルのところに新しく入ったバイトさんの依ちゃん」

「ハルちゃんとこの？　すごい！　ほな依ちゃんは、〝ハルちゃん基準〟を通過したんや」

毬江さんが驚いたように言うと、それを聞いていたハルさんが「なにそれ」とクスクス笑った。

どうやら『ハルさん基準』という言葉は、この辺りに馴染《なじ》みがある人たちの間では普通に使われているらしい。

「あらぁ、喜月《きづき》ちゃんに蓮司《れんじ》ちゃんやん！　ふたり共、えらい大きなったなぁ！」

その時、瑠美子さんの大きな声が入口の方から聞こえて、皆がそちらに注目した。

三人分の足音がして扉が開き、瑠美子さんに続いて入ってきたのは、男性ふたり組だった。

ひとりは背が低めの体格のいい男性で、『蓮司ちゃん』と呼ばれている。もうひとりはすらっとした背の高い、黒縁の眼鏡をかけた優しそうな雰囲気の男性。この人が、喜月さんという名前らしい。

ふたりは商店街の人たちにバシバシと背中を叩かれている。

喜月さんが苦笑いで「どうも」と小さく頭を下げる。

「蓮司と喜月、今日来れたんやな」

結弦さんは嬉しそうにふたりを見る。

「……うん、遅れるけど行くって言うとったよ」

毬江さんが言葉を返すと、結弦さんは「声かけてくる」と立ち上がった。

「僕も声かけてくるわ、依ちゃん」

ハルさんも立ち上がった。

ワイワイと楽しげな声が聞こえてきて、いったいあのふたりは誰だろうと私は首をかしげた。

「私のお兄ちゃんと、再従兄弟《はとこ》の喜月くん。喜月くんはふたつ年上で、結弦くんとは幼馴染やねん」

毬江さんの小さく微笑む姿が、なぜか悲しげに見えた。毬江さんの大きな瞳の奥が揺れている。

なにかあるのだと、私は悟った。

「お兄ちゃんと喜月くんは、それぞれ京都の和菓子屋さんで修行中なんよ」

ふたりの姿を目に映す毬衣さんの声が心なしか震えているように感じて、不安が募る。

「……毬江さん？」

思わず声をかけると、毬江さんはハッと私の顔を見た。

「ごめん、なんでもないんよ」と無理やり頬を引き上げる様子を見て、いっそう心配になる。『なにかあったんですか？』なんて聞けそうな雰囲気ではなかった。

やはりふたりの方へ向ける毬江さんの目は切なげだった。

「ホンマにおめでとう。俺はお前と毬江が結婚するって思ってたで！」

「ウソつけ」

お酒が入ったのかほんのりと頬を染めた蓮司さんが、結弦さんの肩に手を回して破顔した。

結弦さんが苦笑いで、そんな蓮司さんを押しやる。

「おめでとう、結弦」

結弦さんの隣に座っていた喜月さんも、ガラスのコップを軽く掲げてお祝いの言葉を述べる。

「ありがとう、喜月」

「せやせや、菓子持ってきたからみんなで食って。なあ瑠美子おばちゃん！　その紙袋の中の和菓子出して！」

蓮司さんが壁際に置いていた紙袋を指さして声をあげると、宴会場にわっと歓声が湧いた。

瑠美子さんが小皿に載せてお菓子を配り始める。花の形に型どられた桃色の練り切りだ。

「おいしそうやなあ、どれ。……お、おいしい！　お上品な口触りや！」

魚屋のタツオさんが、豪快にひと口でパクリと食べる。

「嫌やわアンタ、気取って〝食レポ〟って年ちゃうで！」

奥さんであるキヨさんが、タツオさんの背中を叩く。

そんな光景を、蓮司さんは嬉しそうに眺めていた。

「おかしいわあ、ホンマに」

隣にいた毬江さんがくすりと笑ったので、ほっと胸をなでおろした……と、その時。

バタン！と大きな音がして、部屋が静まり返った。

「ア、アンタ！　どないしたん！」

キヨさんの慌てた声が響いて皆が視線をそちらへやると、机にダラリと体を預けるタツオさんの姿があった。皆が慌てて集まり肩を揺すって声をかけるも、反応はない。

「タツオさん、聞こえる？」

ハルさんが落ち着いた声で呼びかけながら、タツオさんを横にして肩を叩いた。

「ハルちゃん！　なんで、こんな！」

「落ち着いて、キヨさん。蓮司兄、もしかしてこのお菓子にそば粉入ってた？」

「あ、ああ。入ってる」

蓮司さんが困惑気味にうなずくと、ハルさんはキヨさんに尋ねた。

「キヨさん、エピペンある？　油性ペンみたいな形のやつ。多分病院からもらってるはずやねんけど。あと救急車呼んで」

的確に指示を出すハルさんに、会場はバタバタと慌ただしくなった。

数分後、タツオさんは駆けつけた救急車によって近くの大学病院へと運ばれていった。

誰からともなくため息がこぼれる。

「タツオさんはそばのアレルギーやから、そば粉があかんくてアナフィラキシーショックになったんやろな。でも大事には至らんでよかった」

ハルさんがいつも通りの柔らかい笑みで言う。

だけど、お菓子を勧めた蓮司さんは、いたたまれないといった表情で黙って座っていた。

「それにしても、ハルちゃんすごかったなぁ！　誰も動かれへんかった中で、あっという間にテキパキと！」

場の空気を変えようと瑠美子さんが明るい声をあげると、皆が同調するようにうんうんと笑顔でうなずいた。

確かにああいった現場では、医者ではないキヨさんのような一般の人なら、取り乱す人のほうが多いだろうし、実際にそうだった。だから、いつものんびりとマイペースなハルさんからは想像できないくらい機敏で落ち着いた対応には驚いてしまったし、とても格好よかった。

「お手柄やな、ハルちゃん」と瑠美子さんがハルさんの背中をポンポンと叩いたその時、ダン！と机を叩くような大きな音が響き、一瞬にしてその場が静まり返った。

「これやから花鳥の和菓子はあかんねん」

仏頂面のおじいさんがそう吐き捨てると、会場から出ていってしまった。

「――というわけやねん。ごめんな依ちゃん、じいちゃんが迷惑かけて」

翌日のリスボン。カウンター席には結弦さんが腰かけていて、その隣に私も座っている。ハルさんはこちらに背を向けて洗い物をしていた。

朝、私がリスボンへ到着すると、昨日の騒動について謝りに来ていた結弦さんがいた。

結弦さん曰《いわ》く、昨日、突然机を叩いて帰ってしまったのは結弦さんのお店、かる芭の前々店主だった結弦さんのおじいさんらしい。しかも、そのおじいさんの代のかる芭と花鳥は大変険悪な仲だったとか。

そうなってしまった原因は、昔、かる芭で売っていた練り切りと似たようなものを花鳥でも作っていて、花鳥のそれを食べて食中毒になった人が出た。そして、こちら側に過失はないと全面否定した挙句に、『かる芭で買ったのでは』と言ってしまったようだ。

「あの人ら両方とも頑固やし、昔からよう張り合って喧嘩《けんか》してたみたいやねんな」

やれやれと肩をすくめた結弦さんは、ガラスのコップに残ったアイスコーヒーを一気にあおると、お金を置いて立ち上がった。

「まあそういうことで、昨日は迷惑かけてごめんな。ふたり共」

「い、いえ！　私は、そんな」

慌てて首を振ると、結弦さんは申し訳なさそうに眉を下げて苦笑いを浮かべた。

すると、ハルさんが振り返って微笑む。

「おじいちゃんたちの代のかる芭さんと花鳥さんが仲悪いのはみんな知ってるし、気にしすぎやで結弦兄」

「そうか、それでも悪かったな」

謝罪を繰り返し、結弦さんはリスボンを後にした。

「依ちゃん、コップちょうだい。洗っちゃうから」

「あ、はい」

手を差し出すハルさんにガラスのコップを渡し、カウンターについた水滴を台ふきんで拭き取った。

いつもこうしてみんなに頭を下げているのだと思うと、結弦さんも大変だな、と結弦さんが先ほど出ていったドアを見つめながら思わず同情してしまう。

「ハルさん。かる芭さんと花鳥さん、このままで大丈夫なんでしょうか？　結弦さんたちは仲がよくても、今回のあの発言で悪くなったり……」

「大丈夫、大丈夫」

ザーッと蛇口から水が流れる音と共に、ハルさんのそんなのんびりとした声が聞こえた。

「結弦兄と毬江ちゃんが結婚することで、かる芭さんと花鳥さんは併合するし」

「お店、ひとつにするんですか？」

「多分なあ」

また根拠のない発言に、私は首をかしげた。

すると、ハルさんがガタガタと食器棚をいじり始めた。

「まるで『ユグノー戦争』やなあ」

小さくつぶやいたそのひとこと。

「ユグノー戦争？」と聞き返すと、ハルさんは手を止めて私の顔を見た。

「依ちゃんって、高校一年生やったっけ」

私がひとつうなずくと、ハルさんは手を止めて厨房から出てきた。

「地理歴史の選択科目はなににしてるん？」と問われ、不思議に思いながらも「世界史です」と答える。

「それやったら、これから習うかなあ」

ハルさんはお店の中に置いてある本棚に歩み寄って、本を物色し始める。そして目当てのものがあったのか嬉しそうに頬を緩めて「これこれ」とつぶやきながら戻ってきた。

カウンター席に座ってその本を広げる。そして隣の席をポンポンと叩いて、私に座るように促した。

「多分、三年生になったら、十六世紀後半のフランスで起きたユグノー戦争っていう宗教戦争を習うと思うねんけどな」

そう言って、本のあるページを指さしたハルさん。

のぞき込むと、そこには昔に書かれたであろう絵の縮尺サイズのものが載っていた。

絵の真ん中には白いなにかの建物と、その周りに中世ヨーロッパの時代の服を着た人々が異様な入り乱れ方で描かれている。よく見れば、あちこちで剣や棒を持った人々と、倒れたり逃げようとしたり命乞いをしている人々の二者に分かれていた。

「ユグノー戦争は、カトリックとカルヴァン派というふたつの宗派による対立から起こった戦争なんや」

視線をもう一度絵に戻す。ああ、これは人の争いを描いた絵なんだ。逃げ惑う人とそれを襲う人、なんて恐ろしい絵なんだろうか。

ひどく恐怖を感じて、その絵画から視線を逸らした。

一方ハルさんは、いつも通りの柔らかい表情で饒舌《じょうぜつ》に話し続ける。

「そんな中、その宗派の対立を利用して、ある〝政略結婚〟が画策されたんや。カルヴァン派の息子・アンリとカトリック派の娘・マルグリットの結婚。しかし、マルグリットにはキーズ公っていう想い人がおってん。しかもアンリとキーズ公は幼馴染やったんや」

聞いていて頭が痛くなりそうな展開、まるでドロドロ愛憎劇の昼ドラのようだ。

「好きな人がいるのに、好きでもない人と結婚しなきゃならないなんて、悲しいですね」

はるか昔の歴史上の恋愛に想いを馳せながら、思わずため息をついた。

そんな私を見て、ハルさんは楽しげに笑う。

「んふふ、依ちゃんもやっぱり乙女なんやな」

ハルさんは先ほど見せてくれた本をパタンと閉じて、本棚に戻しに行った。

「似てると思わへん？　ユグノー戦争と、今の結弦兄たちって」

ハルさんはこちらに帰ってきながら、そう言った。

ユグノー戦争と結弦さんたちが、似ている？

「かる芭をカルヴァン、花鳥をカトリックとおいたら。ほら、やっぱり似てる」

楽しげに笑ったハルさんに、私は「あっ」と声をあげて手を打った。

確かに、そうかもしれない。カルヴァン派のアンリに結弦さん、カトリック派のマルグリットに毬江さん、そして幼馴染のキーズ公に喜月さん。あれ？　でも、そうなると毬江さんは喜月さんのことが……。

その時、カラン、とドアベルが鳴って、ふたり組の男性のお客さんが入ってきた。

「さあ、依ちゃん。お冷出してきてなあ」

「あ、はい！」

私はお盆に載せられたお冷を慌てて受け取った。

「あ、たい焼き食べたい。依ちゃん、たい焼き」

翌週の土曜日、昼休憩に入った私たちは、足りなくなった食材を買いに商店街へ出てきた。その帰り道、買い物袋を手に提げたハルさんはたい焼き屋さんの前で足を止めた。

「ハルさん、でもお店が……」

「ちょっとだけなら大丈夫〜」

そう言って露店の前に立ったハルさんは私を手招きした。

「おじちゃん、クロワッサンたい焼きふたつ」

指を二本立てて代金をすばやく払ったハルさんは、私にそのひとつを手渡した。

「いいんですか？」

「うん、おいしいから食べてみて。クロワッサンたい焼き、食べたことある？」

「ないです。初めてです」

見た目はたい焼きだけれど、クロワッサン特有の香ばしい香りがする。

「そうなん？」と目を丸くしたハルさんは、たい焼きの頭にかぶりつく。

私もハルさんと同じように頭からかじると、サクッとした食感と共に、口にあんこの程よい甘さが広がり、思わず目尻が下がる。

「おいしい……」

「んふふ、せやろ。僕もクロワッサンたい焼き大好き」

ホクホク顔で言ったハルさんは、思い出したように言葉を続けた。

「依ちゃん、一六八三年に起きた『第二次ウィーン包囲』っていうのをもうすぐ学校で習うと思うねんけどな、その時に先生が『トルコ軍の包囲を打ち破ったウィーンで、トルコ国旗の三日月になぞらえたパンを焼き上げたんが、クロワッサンの由来や』って教えてきたら、それ間違いやから信じたらアカンで」

「って、間違いなんですか」

クスクス笑いながら聞き返すと、ハルさんも微笑みうなずいた。

「ハルさんって、ほんと歴史に詳しいですよね」

「おじいちゃんの世界史好きがうつったんか、僕も自然と世界史が好きになってん。僕、おじいちゃんっ子やったから」

思い返せば、リスボンの店内もタペストリーや地球儀といった世界史に関連するインテリアが多かった。

ハルさんは楽しげにそう言って、再びクロワッサンたい焼きをパクリと頬張った。

「ハルちゃん！　ちょっとアンタ、どこ行ってたん!!」

リスボンまであと少しのところで、瑠美子さんがハルさんを見つけるなり勢いよく駆け寄ってきた。

「どないしたん」

ハルさんがいつも通りのまったりした話し方で尋ねると、「どうしたもこうしたもあらへん！」と瑠美子さんに鼻息荒く言われ、目を瞬かせる。

「リスボンの前で結弦ちゃんたちが喧嘩しとるんや！」

ほら早く！　と私たちは瑠美子さんに背中を押され、駆け足でリスボンまで戻った。

「撤回せえ！」

「はあ？　ホンマのこと言うただけや」

ふたり分の怒った声が聞こえて視線をそちらに向けると、まさしく一触即発、互いに胸ぐらをつかんだ状態の結弦さんと蓮司さん、そして引き離そうとする喜月さんが揉《も》み合っていた。

「依ちゃん、これ持っといてもらえるかなあ」

するとハルさんは私に買い物袋を手渡すと、ふたりに歩み寄った。そして普段と変わらない声色で、「結弦兄、蓮司兄」と名前を呼ぶ。

ふたりがその声に気がついて振り向いた次の瞬間、ハルさんは手に持っていたクロワッサンたい焼きをふたつに割ると、目にも留まらぬ速さで結弦さんたちの口に突っ込んだ。

口いっぱいに詰め込まれたクロワッサンたい焼きに目を白黒させるふたりに、ハルさんは微笑みを浮かべた。

「落ち着いてな。ほんで頭冷せたら、リスボンに集合やで」

ハルさんはそう言って、ふたりの背中を押す。

ふたりは反論しようとしたが、口にクロワッサンたい焼きが突っ込まれているせいでしゃべることもままならず、しぶしぶとお互いが一定の距離を保ったまま歩いていった。

「ごめん、ハル」

喜月さんが申し訳なさそうに謝ってから、身を屈めた。

見れば、道路のあちこちに茄子《なす》が転がっている。私とハルさんは今日茄子を買っていないので、喜月さんたちが持っていたものだろう。

私とハルさんもしゃがんで、拾うのを手伝う。

「なんで喧嘩が始まってしもうたん？　珍しいなあ。結弦兄たちが喧嘩するなんて、何年ぶりやろか」

クスクスと笑ったハルさん。

すると、喜月さんは苦い顔をして肩をすくめた。

「いつもと同じ、和菓子の話をしてたら熱くなって喧嘩になったんや。今日は蓮司が

『かる芭の和菓子は邪道や』って言うてもうて」

「ああ～、それは言うたらあかんなあ」

喜月さんが、ずれた眼鏡のブリッジを押し上げながら、「せやろ？」と肩をすくめる。

『かる芭の和菓子は邪道や』って、どういう意味なんだろう？

不思議に思って首をかしげていると、それに気づいた喜月さんが教えてくれた。

「結弦のとこ、最中《もなか》が一番人気やねんけど、その最中の中に、粒あんと生クリームが挟んであるねん」

「……あ、だから邪道だって」

「そういうことやな。蓮司のやつ、老舗の店で修行してるからか、そういうのは嫌ってるみたいで。普段は仲いいけど、和菓子のことで喧嘩すると止められへんねん、あのふたりは」

最中に生クリームと粒あん。聞くととてもおいしそうに思えるが、確かに私たちが想像する和菓子の中に生クリームは使われていない。和菓子と生クリームの組み合わせは、驚くような奇抜なアイディアだ。

店を将来的に継ぐつもりの結弦さんにしたら、自分の店の商品を悪く言われて、きっと腹が立ったんだろう。そして純粋に和菓子を学んでいる蓮司さんにとっては、新しいそんな和菓子は受け入れがたいものだった。ふたり共、和菓子を作る者としてのプライドがあるから喧嘩になったのかもしれない。

「これ、どないしたん？」

ハルさんが、拾い上げたすべての茄子を喜月さんに渡しながら尋ねた。

「ハルのところに持っていこうと思っててん。蓮司の家で余ったやつ、ハルに料理してもらおうと思って。でも怒った蓮司がぶちまけてしもうたから傷んでもうたかな」

拾った茄子を袋に詰めていく喜月さんは、また申し訳なさそうに言った。

確かにところどころ傷がついて、皮が破れて中の実が見えていた。ハルさんも一本手に取ってくるくる回しながら状態を確認している。

「茄子かあ。ええね、おいしそう。せやなあ……」

斜め上を向いてなにかを考え始めたハルさんは、「よし」とつぶやくと立ち上がった。

「結弦兄たちが仲悪いままなのは、僕も嫌や」

というわけやから依ちゃん、手伝ってな、とハルさんは私の顔を見て微笑んだ。

そして数分後、結弦さんの店、かる芭のバックヤードで、私は縮こまっていた。

「ハルが？」

唇を真一文字に結んで仏頂面を作ったままの七十代後半くらいのおじいさん、結弦さんの祖父にあたるその人は怪訝な顔をしている。

「えっと……はい。ぜひとも、この後すぐにリスボンまで来てほしいと。お願いします」

続けざまに「お願いします」と小さく頭を下げる。

おじいさんの表情は相変わらず眉間にシワを寄せたままで、どうしようかと頭を悩ませていると……。

「……わかった」

「え？」

「わかった言うとるやろ」

目を丸くして顔を上げると、おじいさんはもうこちらに背を向けて片付けの作業に取りかかっていた。

「あ、ありがとうございます！」

意外とあっさり承諾してくれたことにほっと胸をなでおろしながら、かる芭を出た。

「よし、かる芭さんも花鳥さんも行くって言ってくれた」

ハルさんに『手伝って』とお願いされ、かる芭と花鳥のおじいさんさんをリスボンへ誘うことを頼まれたのだ。

先に訪ねた花鳥さんは、快く受け入れてくれたので問題ない。ふたりとも、とても気難しそうな性格の人だったから、ひと安心だ。

ほっと安堵《あんど》のため息をこぼす。

急ぎ足で戻ると、入口で、ちょうど中に入るところだった喜月さんと、そして毬江さんに会った。喜月さんはハルさんから、毬江さんを連れてくるように要請されていた。

「こんにちは、依ちゃん」

「こんにちは」

挨拶もそこそこに、毬江さんは喜月さんの服を軽く引っ張って「喜月くん、はよう」と急かす。前に会った時よりも明るい表情で、幸せそうな微笑みを浮かべている。

店に入っていったふたりの後ろ姿を見つめながら、私はなんとも言えない感情に悩まされた。

毬江さんは結弦さんと結婚する。でもやっぱり、毬江さんは喜月さんのことが……。浮かんだ言葉をかき消すように、頭を振ってリスボンに入った。

リスボンに入ると、既に戻ってきていた結弦さんたちと、毬江さん、そして花鳥のおじいさんがそれぞれバラバラの席に座っていて、驚くほどの重い空気に思わず苦笑いが浮かんだ。

「おかえり、依ちゃん」

ジュウジュウと食欲をそそる音がするフライパンを持ったハルさんが、振り返って微笑んだ。

「依ちゃん、丸いお皿取って」と頼まれ、慌てて手伝う。

漂ってくる匂いでなんの料理かわかったので、大きい木でできた丸い皿を人数分取り出した。

「おおー、さすが依ちゃん」

差し出した私のお皿を見て、ハルさんが感心したように声をあげる。

「依ちゃんの分もあるから、もう一枚お皿とって」

「わあ、嬉しい。大好きなんです」

そう言って自分の分のお皿も手渡すと、ハルさんは楽しげに笑った。

カラン、とドアベルが揺れて、かる芭のおじいさんが入ってきた。中にいる人たちを目にするなり、あからさまに眉間にシワを寄せて私をじろりと見る。

騙《だま》すような形をとったことに罪悪感を感じていたので、そっと目を伏せた。

ドカドカと足音を立てながら人が座る気配がして、ほっと息をつく。

「足音を立てて、品がない。これやから、かる芭の和菓子は品がないんや」

花鳥のおじいさんの火に油を注ぐような発言に、空気が凍りついたような気がした。

「……なんやと、じいさん」

先にいきり立ったのは結弦さんだった。

「ホンマのこと言うただけや。ジジイがこれやと孫も品がない。だから伝統ある和菓子を冒涜《ぼうとく》するようなことができんねん」

「黙れや！」

今にもつかみ合いが起こりそうな雰囲気に、ハラハラとふたりの顔を交互に見る。

「ハルさん、ハルさん！」

コソコソと動きながらカウンター席に近寄って、ボウルの中身をこねているハルさんに小声で声をかけた。

「んー？」

手元の大根から目を離さずにハルさんは首をかしげた。この激しい言い合いが聞こえているはずなのに、いつもと変わらず穏やかな笑みをたたえている。

「なんか、店の空気が大変なことになってきました！」

チラチラと結弦さんたちを確認しながら話しかける。

「みんなが仲悪いのは嫌やなあ。止めたいけど、でも僕、今ネタつくってんねん。これ生やし、口に突っ込むのはアカンやろ？　おいしくないし」

いやいやいや。なぜクロワッサンたい焼きを結弦さんたちの口に突っ込んだ要領で解決しようと考えてるんですか。おかしいです、ハルさん。いろいろとおかしいです！

心の中で全力で指摘しながら、ふたりに恐る恐る「落ち着いてください」と声をかけた。

中学校の頃に習った、武力衝突はなかったがお互いにずっとにらみ合う緊張状態が続いていた〝冷戦〟というのはまさにこういうことをいうのだろう、と我ながら納得する。耳鳴りがしそうな重い沈黙と、一触即発の張り詰めた空気が息苦しい。

一時間くらいその状態が続き、ハルさんの「さあ、できた」という声でその沈黙は破られた。

カウンター席に座っていた私は、手伝うために慌てて立ち上がる。

お皿に載せられていたのは私が予想していたものと同じで、思わず目尻が下がる。

ひとりずつテーブルに料理を置いていき、私も再びカウンター席に腰かけた。

「ハンバーグ……」

結弦さんがつぶやくように言うと、その声を拾ったハルさんはにこりと微笑みうなずいた。

「せやで。ほとんどが傷んでグニョグニョになってしもうた茄子と、ちょうどうちの冷蔵庫に微妙に余ってたお豆腐があったから、それも使ってみてん。だから、豆腐茄子ハンバーグや」

程よく焦げ目がついた豆腐と茄子の和風ハンバーグ。その上には食欲をそそる匂いを漂わせるみたらしがかけられている。

「いただきます」と手を合わせてから箸を取った。

豆腐と茄子だからか、すっと箸が通った。小さくしてから、みたらしのタレと共に口に運ぶ。

肉の汁を吸った豆腐と茄子が口いっぱいに広がる。みたらしの甘さがまたいいアクセントになっていて、ハンバーグとよく合う。

「おいしい……」

ため息をこぼすように感想を漏らせば、厨房から身を乗り出してカウンターに頬杖をついていたハルさんが嬉しそうに目を細める。

「残り物でも、ちょっとの工夫でおいしくなる。そして、おいしいもん食べて今日も幸せや」

「はい」

クスクスと笑いながらうなずいた。

「和食によく使われるお豆腐と茄子とみたらしやけど、ハンバーグにしてもおいしいやろ、依ちゃん」

ハルさんは私の顔を見ながら、みんなにも聞こえるような声で言葉を続ける。

「対極に見える和と洋が混じると、時にはすっごいおいしいものができたりするねんで。もちろん、そのまんまのハンバーグもおいしいし、冷奴《ひややっこ》も、焼き茄子もおいしいけどなあ」

そこでようやく、ハルさんの言いたいことに気がついた。静かにお箸を置いて、そっと振り返る。

すると皆も箸を止めて、そのハンバーグをじっと見つめていた。また誰も声を発さなくなり、沈黙が流れる。

その空気を破ったのは、意外にも花鳥のおじいさんだった。

「確かに、かる芭の最中はおいしい」

「……花鳥の最中もな」

かる芭のおじいさんも仏頂面で後に続く。

ふたりはお互いに顔を見合わせた。そしてしばらくの沈黙の後、同じタイミングで立ち上がった。

「……結弦たちのウェディングケーキを練り切りで作ってみたらどうやろかと思ったんや。でも、ひとりやと手に負えん」

「しゃあないな、ジジイのために手伝うたろか」

そう言ってケラケラと笑った花鳥のおじいさんは、かる芭さんの肩に腕を回し、いつもよりも軽くなったような足取りでリスボンを後にした。

残った私たちは呆気《あっけ》にとられたように、ふたりが出ていったドアを眺めていた。

するとと、結弦さんと蓮司さんが気まずそうに顔を見合わせた。

「……邪道は邪道や。でもおいしい」

蓮司さんがしかめっ面でつぶやく。

「素直に『おいしいです』て言えや、アホウ」

結弦さんは少し頬を緩めて、わざとらしく咳払《せきばら》いをした。

ああ、もうこれで元通りの仲に戻ることができるだろう。

ほっと息を吐いて、ハルさんと目を合わせて微笑む。

「飲みに行くで、結弦、喜月！　ハルも行くか！」

そう言って、残りのハンバーグを一気に頬張った蓮司さんが立ち上がった。

「僕はお店あるし、三人で行ってこいや」

ハルさんは皆の皿を下げながら小さく手を振る。

それから、蓮司さんを真ん中に肩を組んだ三人は、先ほどのふたりと同じように仲よくリスボンを後にした。

さっきまでの険悪な雰囲気から一転して、コロッと仲直りした姿に、思わず笑ってしまった。

「毬江ちゃんは行かへんの？」

「うちはええよ」

ハルさんの質問に、そう言って微笑んだ毬江さんは、パクリとハンバーグを口に入れた。

「そういや毬江ちゃん、喜月さんとはどうなん？」

「は、ハルさん！」

デリケートな話なのに唐突に切り込んだハルさんを止めようと、振り返って慌てて首を振る。

ハルさんが不思議そうに私の顔を見ながら首をかしげた。

「うん、ありがとうハルちゃん。ちゃんと伝えたよ」

目を弓なりに細めた毬江さんに、私は「ええ！」と素っ頓狂な声をあげる。

毬江さんも怪訝な顔で私を見上げた。

毬江さん、喜月さんに自分の想いを伝えてしまったんだ……。

「喜月さん、なんて？」

「『しゃあないな』って。でも『ありがとう』って言ってくれたから、安心した」

もしかして、喜月さんは毬江さんの想いに応えた、ということ……？

驚きで、開いた口が塞がらない。

すると、ハルさんが私の顔を見て、苦笑した。

「ああ、そうか。僕が依ちゃんにユグノー戦争の話をしたから、勘違いしてしもうたんやな。毬江ちゃん、ちゃんと依ちゃんに教えてあげて」

「え？　喜月くんから預かってた大事なインコが死んでしもうて、喜月くんにどう伝えようか迷ってただけやで？」

目を瞬かせながら説明してくれた毬江さんに、私はぽかんと口を開ける。そして頭の中で理解すると同時に、肺の中の空気をすべて吐き出すようにため息をこぼした。すっかり勘違いして、ひとりで勝手に焦っていたことが恥ずかしい。私、てっきり毬江さんは喜月さんのことが好きなんだと思ってた。

一気に疲れが押し寄せ、深くイスに腰かける。

「ほな、ハルちゃん、ごちそうさまでした」

フォークをテーブルに置いて、毬江さんは席を立った。

「もしかして依ちゃん、ずっと勘違いしてた？」

毬江さんが出ていった後、申し訳なさそうに眉をひそめて尋ねてきたハルさんに、私は苦笑いでうなずいた。

「あちゃー、ホンマにごめんなあ」

「い、いいえ。私が勝手に勘違いしていただけなので」

慌てて首を振る。そして、厨房に戻ってお皿を洗い始めたハルさんに、台ふきんでテーブルを拭きながら声をかける。

「ちなみに、ユグノー戦争の続きってどうなったんですか？」

ハルさんは蛇口を閉じて手を止める。

「その後、『ナントの王令』っていう『好きな宗教信仰していいよ』って勅令が出されて、対立し合っていた宗派も一旦やけど共存できるようになったんや」

そういうことか、とひとり納得してうなずいた。

結局は、カルヴァン派もカトリックも認められるんだ。

「みんな仲直りできてよかったですね」

こうして丸く収まったのも、ハルさんの料理の賜物《たまもの》だ。

「な、残り物には、福があったやろ？」

ハルさんはタオルで手を拭きながら、ふにゃりと笑った。

レシピ 2

和×洋の 豆腐茄子ハンバーグ 福

材料（2人前）

- 豆腐………1丁(400g)
- 茄子………60g
- 鶏ひき肉…250g
- 生姜………1かけ
  （チューブ2cm）
- 長ねぎ……10cm
- 片栗粉……少々
- しょうゆ…大さじ1
- だしの素…小さじ1
- 酒…………小さじ1

【タレ】

- しょうゆ、砂糖、みりん、
  水溶き片栗粉…大さじ2
- 水…………………150cc

作りかた

1. 豆腐を水きりし、レンジで2分ほど温める（600w）
2. 茄子を1cm角に切り、長ねぎはみじん切り、生姜はすっておく
3. ボウルに❶、❷、鶏ひき肉、片栗粉、しょうゆ、だしの素を入れる
4. ❸を混ぜて成形したら、フライパンで焼く（酒蒸し焼きする）
5. ハンバーグを皿に移し、フライパンにしょうゆ、砂糖、みりん、水を入れる
6. 沸騰したら火を止め、水溶き片栗粉を入れて混ぜる
7. 再度、火にかけトロミがついたらハンバーグにかけて完成

レシピ 3

特別な人に ハートのハムエッグ 福

材料（1個分）

- たまご……………1個
- 魚肉ソーセージ…1本
- つまようじ

作りかた

❶ 魚肉ソーセージを半分くらいまでさく

❷ ❶を反対側に反らしてハート型を作り、つまようじで留める

❸ フライパンに❷をおき、ハートの中にたまごを割り入れる

❹ お好みの固さまで黄身が焼けたら完成

第三章　助け合い、商店街おこしチャーハン

とある土曜日。ランチタイムが終わり、ハルさんが作ってくれたまかないを食べた後、店先を掃いていると、コートを羽織ったハルさんが店から出てきた。

「依ちゃん、そろそろ行こかあ」

「はい」

手にしていたほうきを店の倉庫の用具入れにしまって、私もコートを着て外に出た。ひゅう、と冷たい風が頬を突き刺し、肩をすくめる。

十月に入り、リスボンへ行く通り道にある城北公園は、木々が朱や茶色に色づき始めている。駅前商店街の店に並ぶ品々も、旬が秋のものに変わり始めていた。

そんな、人で賑わう夕方の駅前商店街をハルさんと歩く。

「今日は、料理酒が切れそうやから、タカさんところで買わな。あと僕、栗《くり》食べたい。依ちゃんも食べたいやろ？」

「そうですね」

唐突に、そしてご機嫌に尋ねてきたハルさんに、私はクスクスと笑いながらうなずく。ハルさんが突然なにかを言い出すのは、バイトに入ってこの数週間でよくわかっていた。

「ハルちゃん、依ちゃん！」

果物屋さんにさしかかった時、私たちの名前が呼ばれた。手を振るのは果物屋の芳《よし》江《え》さん。八百屋の瑠美子さんと幼馴染で、よくリスボンにも来店してくれる常連客だ。

「いつもの取っといたで、ハルちゃん！」

「うわあ～、ありがとう芳江さん」

感嘆の声をあげたハルさんは、ニコニコと満面の笑みで果物屋に足を踏み入れた。

芳江さんがお店の奥に引っ込んで、なにかをガサガサと漁っている。そして、袋いっぱいの栗を手に戻ってきて、それをハルさんに差し出した。

「はいよ、いつものやつやで。今度モンブラン作ってな、ハルちゃん！」

「お安い御用やでぇ」

芳江さんは元気よく「アハハ」と笑うと、ハルさんの肩をバシバシと叩き、今度は私に視線を向ける。

「依ちゃんも栗好き？」

「はい、大好きです」

微笑みながら返せば、芳江さんは満足げにうなずきにっこりと笑う。

「そっかそっか！　この焼き栗な、うちが懇意にしてる農家さんからもらったんやけど、傷とかで売り物にならんやつやねんて」

「僕、毎年もらってんねん」と教えてくれたハルさんは早速嬉しそうに栗をむいて、口に放り込んだ。

「んん甘い、幸せ」

頰に手を当てて目を細め、幸せそうに頰を緩める。

「ほら依ちゃんも」

ハルさんは私の分の焼き栗もバキバキとむいてくれた。

「ありがとうございます」と言ってコロンと栗を口の中に入れると、濃厚な深い香りが広がった。

ビックリして目を瞬かせながら、口だけは動かす。

「どう?」

ホクホクした表情で微笑みながら尋ねるハルさん。

「うわぁ、おいしいです!」

「そらよかった。残り物には福がある、おいしいもん食べて今日も幸せや。芳江さん、ありがとう」

満足げに笑ったハルさんは、もう一度芳江さんにお礼を述べると、「ほな行こか、依ちゃん」と果物屋から出ていく。

「依ちゃん」

タカさんの酒屋は果物屋から少し先の奥に進んだところにある。リスのように栗をモグモグと頬張って歩きつつ、ハルさんが私の名前を呼んだ。

「今、学校で世界史はどの辺、習ってる？　中国史に入ったあたり？」

唐突にそんな質問を投げかけてくるハルさんにも慣れてきた。

ハルさんが不意に世界史の授業の進み具合を尋ねてくる時は、大抵そこから、世界で起こった出来事に関するいろんな話をしてくれる。しかも、教科書に載らないようなネタも多いのだ。

かくいう私も、ハルさんが語る世界史の話が好きで、家に帰ると教科書を開いて、覚えたマメ知識を書き込んだりするようになった。

「えっと、中国史はまだ習ってないです」

ハルさんは本当に歴史が好きなんだなあ、とほんわかする。

「そっか。二年生くらいになると中国史が始まると思うねんけど、その唐の時代末期頃に『武韋《ぶい》の禍《か》』っていうのを習うと思うねん」

「ぶいのか？」

聞き返せば、ハルさんはうんとひとつうなずいて、また袋から栗をつまみ、バキバキと皮をむき始める。

「簡単に言うたら、皇帝の妻である皇后が政権をゲットするっていうのが二回続いて、唐の政治が大パニックになることやねん。その皇后が則天武后《そくてんぶこう》と韋后《いこう》って名前やから、武韋の禍やねんな」

　今では社会で女性も活躍しているけれど、大昔に女性である皇后が政治のトップになるなんて、あんまりイメージが湧かない。でも、皇后がトップになるのは、そんなにパニックになることなんだろうか。

「どうやって政権をゲットしたんですか？」

「則天武后は夫が死なはったからで、韋后はなんと、自分が政権をとるために夫を毒殺したんやで」

「毒殺！」

　驚いて目を丸くしていると、「歴史ではしょっちゅうそんなことが起きるんよ」とハルさんはおもしろそうに語る。

　そんな話をしているうちに、タカさんの酒屋へ着いた。

「こんにちは〜」

　のんびりした声で挨拶しながら店の中に入るハルさんに続き、私も足を踏み入れた。

「はーい」と威勢のいい返事が返ってきて、店の奥から女性がふたり、パタパタと小走りで出てきた。

　勝気そうな顔つきの五十代くらいの女性は、この店の主人・タカさんの奥さんである則子《のりこ》さん。そして、釣り目の美人は、則子さんの息子嫁である郁《いく》さんだ。

【酒屋】と書かれた腰に巻くタイプの赤いエプロンを身につけたふたりは、ハルさんの姿を確認するなり嬉しそうに駆け寄ってきた。

「ハルちゃんと依ちゃん、そろそろやと思っとったで！」

「こちらこそ、いつもまけてもうてありがとうねぇ」

そう言ってハルさんがのほほんと微笑む。

則子さんは「ちょっと待ってな」と私たちに声をかけると、いそいそと店の奥へ戻っていき、「アンタ―！　なにやっとんねん！　チャッチャとしんかい！」と、二階にいるであろうタカさんに向かって叫んだ。

しばらくして、トントン、と二階から下りる足音が聞こえてくる。

「なんや？」

大らかな声で返事をしながら現れたのは、タカさん。ふくよかな体型で、おっとりした性格の人だ。

「『なんや』とちゃうわ！　ハルちゃん来てんねんから、さっさと準備して！　ほら、料理酒！」

私たちの姿を確認したタカさんは穏やかな笑みを浮かべて、「いつもおおきに」と会釈した。

「はようしいって！」

背中を叩かれたタカさんが、唇を尖《とが》らしながら「はいはい」と奥へ引っ込んでいく。

「お義父さん、宗広《そうだい》さんは？」と続けて郁さんが尋ねると、ちょうどタカさんと入れ替わるように郁さんの夫の宗大さんが登場した。この宗大さんもお父さんのタカさんに似て、性格的にまったりしているところがあるらしい。

「宗大さんも！　ちんたらしてんと、お義父さん手伝うて！」

郁さんにお尻を叩かれた宗大さんも、「はいはいはい」と少々逃げるように戻っていった。

男性陣よりも女性陣のほうが店を切り盛りしているんだなぁ、と苦笑いでそのやりとりを見ていると、則子さんは肩をすくめて笑った。

「旦那らがあれやから、うちの酒屋も不景気でな」

「大変なんやねえ。そういえば、宗大さんの甥《おい》っ子さんが大学で経営の勉強してたんやなかったっけ」

ハルさんが尋ねれば、則子さんは嬉しそうにうなずいて、「来年からうちの店に来てくれるんよ」と教えてくれた。

少しの間、世間話をして、料理酒を受け取って店を後にする。

「もしかしてハルさん、武章の禍の話をしたのって……」

店を出るなり、私はハルさんに質問した。

「んふふ、似てるやろ？　酒屋のタカさん家と武韋の禍」

そう言ってまたのほほんと笑ったハルさんに、引きつった笑みが出てくる。

ちなみに、武韋の禍の続きとして、韋后の甥っ子が政権を継承するのだが、反乱が起こり、唐は滅亡してしまうのだとか。

甥っ子さんが帰ってくるというのも、武韋の禍に似ている。ということは、もしかして甥っ子さんが帰ってきても景気は悪くなる一方だったりして……。

また世界史と現実を重ね合わせていたことにハッと気がついた。

「いけない、いけない」と小さくつぶやき、私はそんな悪い考えを吹き飛ばすように小さく頭を振った。


店に戻ってきて、各々が午後の開店準備を始めた頃、カラン！とドアベルがいつもより大きい音を立てて勢いよく開く。

「ハルちゃん！」

「わあ、ビックリした。どないしたん瑠美子さん」

ジャガイモと包丁を持っていたハルさんが目を瞬かせながら振り向く。

「どないもこないもあらへんわ！」

唇を尖らせ眉根を寄せた、明らかに怒っている表情の瑠美子さんは、ズカズカと店の中へ入ってきてカウンター席に座った。

「依ちゃん、お冷出したげて」

「あ、はい」

モップがけしていた手を止めて手を洗い、ストッパーに入ったレモン水をコップに注いで瑠美子さんの前に置いた。

「ありがとう、依ちゃん！」

瑠美子さんはそう言ったが口調はまだ強いままで、よほど腹立たしいことがあったのだと悟った。

ハルさんが私の方を振り返ってカウンターを指さし、手を合わせる。そして『留美子さんのこと、お願い』と口が動いた。

私は小さくうなずくいて、瑠美子さんの隣に腰かけた。

「聞いてや、依ちゃん！」

どうかしたんですか、と私が口火を切る前に、瑠美子さんは興奮気味に話し始めた。

「商店街出て少し行った先に、新しいスーパーができたの知ってるやろ⁉」

「は、はい。先月オープンしたところですよね」

「そこや！　ああ、もう！　思い出しただけでも腸《はらわた》が煮えくり返る！」

「る、瑠美子さん。落ち着いて」

ぐっとレモン水をあおった瑠美子さんは、ダン！とテーブルの上にコップを置いた。幸いプラスチックのため、割れる心配はないが、コップを握る瑠美子さんの人差し指が力の入れすぎで白くなっている。本当に怒り心頭のご様子だ。

「あいつら、商店街の店の営業妨害しよんねんで！」

「妨害？」

聞き返すと、瑠美子さんの顔がかあっと赤くなった。もちろん照れているわけではなく、憤りでだ。

「ここの商店街はガラが悪いって言い歩いてんねん、あいつら！　うち、それ聞いてめっちゃ腹立って、ついさっき偵察に行ったんよ。知らーん顔してスーパー入った途端、店長か知らんけど変なおっさんがスタスタ寄ってきて、そらあもうペラペラと！」

ガラが悪いだなんて、そんなこと絶対にないのに。皆、個性豊かで、アクの強い人もいるけれど、よく知れば悪い人ではない。私は知り合ってまだ日は浅いけれど、親しい人たちの悪口を言われるのは悲しい。

「ハルちゃん！　アンタもそんなニコニコとしとる場合じゃないで！」

野菜の皮を向いていたハルさんが、目を瞬かせながら振り返った。「僕？」と小首をかしげる。

「あいつら、リスボンのことも悪く言うてたんやから！　ハルちゃんはゴリゴリマッチョの元ヤン上がりやって！」

「ハ、ハルさんがゴリゴリ……」

あまりにも違いすぎる話に、むしろ『よくそんなウソを考えつくなあ』と感心してしまう。そんなのあるわけないし、想像もつかない。

「ええやん、僕ムキムキになってみたかったし」

のほほんと返事をするハルさんに、思わず口元が緩む。

なんというか、さすがハルさんだ。

「ムキムキちゃう、ゴリゴリや。って、そんなんどうでもええねん、ハルちゃん！」

瑠美子さんは机をバン！と叩いて立ち上がる。

私とハルさんは顔を見合わせて、肩をすくめた。

「とりあえず、や！」と、瑠美子さんは私とハルさんの顔を交互に見てビシッと人差し指を突き出した。

「ハルちゃんと依ちゃんで、ビシッと言うてきて！」

「え、僕たちが？」

「おばちゃんが行っても軽くあしらわれるだけやし！」

「えー、僕が行ったほうが舐《な》められるんとちゃうかなあ」

ハルさんは眉を下げて困ったように笑った。

「だから依ちゃんも行くんや！　一番しっかり者や！」

「わ、私もですか？」

まさか自分の名前が呼ばれるとは思ってもみなかったので、驚いて目を丸くした。

「当たり前や！　こんなタンポポの種みたいな人をひとりで行かせられるかいな！」

「タンポポの種って、瑠美子さんひどい」とハルさんが少し唇を尖らせるが、瑠美子さんはそれも聞こえなかったようで、「よろしく頼むで！」と鼻息荒く足音を立てながらリスボンを後にした。

パタン、とドアが閉まって一気に静かになった店内。ハルさんは持っていた包丁と野菜をまな板の上に置いて手を洗い、タオルで拭きながら振り返った。

「台風・瑠美子号やな」

「ですね……」

閉まったドアを呆れ気味に眺めていると、ハルさんは厨房から出てきてエプロンを脱ぎ始めた。

「善は急げや、依ちゃん。行こうか」

「やっぱり行くんですね……」

人づてに聞いた悪口だけれど、やはり仲よくしている商店街の人たちを誹謗中傷されると嫌な気分になる。こちらを敵視しているような人のところへ行くなんてあまり乗り気ではなかったが、しぶしぶエプロンの紐をほどく。

「中国の漢《かん》の時代にな、甘英《かんえい》って人がおったんよ」

すると突然、話し始めたハルさん。

「その人は中国を出発してローマまで行く予定やってんけど、途中の安息《あんそく》ってところまで行って帰ってきてん。なんでやと思う?」

そう聞かれて、首をかしげる。

ローマまで行こうと思っていたけれど、途中まで行って帰ってきた。なにか事故やケガでもしたのだろうか?

「甘英はな、安息の人に『今ローマは戦まっただ中やから行かんほうがええ』って忠告されたから引き返してきてん。でも実のところ、その頃のローマは、『パックス・ローマーナ』と言われる黄金期で、ものすごく好景気やった」

「ということは、安息の人にとって、甘英がローマに行くことはよくないことだった……?」

「そういうことやね、さすが依ちゃん」とハルさんはふにゃりと笑う。

「ローマと中国の間に位置する安息は、中継貿易で栄えてたから、安息の人たちにとって、ローマと中国が直接つながっちゃうのは困るんよ」

「ああ、なるほど!」

私は目を見開いてポンと手を叩いた。

昔からそういったやりとりがあると思うと、なんだかおもしろい。しかしそれにしても、その甘英の話って……。

「今の商店街の状況と似ていますね」

私の指摘に、「ふふ」と楽しそうに笑ったハルさんは、「ほな行こかぁ」とコートを羽織って店を出た。


新しくできたというそのスーパーは、商店街の淀川側出口から出たところの大きな道路沿いにある、有名な大手スーパーのチェーン店だ。

屋根付き無料駐輪場を完備し、出入口の扉は二重で衛生面にも気を使っている。なにより立地がいいのか、主婦層が夕飯の買い出しを終わった時刻でも、そこそこ人の出入りは多かった。

「ほな、偵察しに行こかあ」

相変わらず緊張感のないまったりしたハルさんの声を号令に、私たちはスーパーに足を踏み入れた。とりあえず形だけで、カゴの山からひとつカゴを手に取って、ゆっくりと回っていく。

「いたって普通ですね」

「いたって普通やなあ」

入ってすぐ目の前には果物コーナーがあり、その奥には野菜が並べられている棚がある。店内の照明も明るく、流行《はや》りのポップな曲が程よい大きさで流されている。本当に、どこにでもありそうなスーパーだ。強いて特徴をあげるならば、オープンして間もないからか、商店街で売られているものより値段が少々安い。

「いらっしゃいませ〜！」

その時、並んで歩いていた私とハルさんの間に、スーパーのロゴが入った赤いジャンパーを着た四十代くらいの男性がずんと割り込んできた。

私たちが目を瞬かせていると、男性は眼鏡の奥の瞳を細めてニコニコと人のいい笑みを浮かべた。

「当店のご利用ありがとうございます！　私、ここの店長をしております、マ、ル、ヤ、マと申しますぅ！」

「は、はあ……」

少々頬をひきつらせながらも、なんとかうなずく。

「当店は、お若い同棲《どうせい》中のカップルにも優しいお値段、そして最高品質のものを取りそろえておりますぅ！」

「ど、同棲……」

予想外の言葉に、いっそう頬がピクピクする。

ハルさんを見上げると、なにを考えているのかわからないのほほんとした表情で店長さんの話を聞いている。

否定をしないので、ここはハルさんに合わせたほうがいいのかもしれない。

私がなにも言わず曖昧に笑ったので、店長さんは勘違いしたらしく、「今日のお夕飯のお買い物ですか？」などと聞いてきた。

「今日は八宝菜《はっぽうさい》やんね、依ちゃん」

「え？　あ、はい」

何度もコクコクとうなずくと、店長さんは愛想よく相槌《あいづち》を打った。

「八宝菜！　野菜がたくさん入っていて栄養満点でいいですね！　うちはどこかの店とは違って、とれたての新鮮なものを提供しているので、安全かつおいしい野菜ですよぉ！」

『どこかの店とは違って』の部分をわざとらしく強調した店長さん。

瑠美子さんが怒っていたのはこういうことだったのか、と思わず眉間にシワが寄りそうになったが、なんとか堪えた。しかし……。

「この奥の商店街は、ガラが悪い人たちが営業しているらしいんで気をつけてくださいねぇ！　その点、うちはきちんとした教育を受けた従業員ですから、ご安心ください！」

「……会ったこと、あるんですか？」

店長さんの言葉がどうしても聞き捨てならなくて、私は口を真一文字に結び、彼の目をじっと見た。

「はい？」

店長はきょとんとしている。

「依ちゃん」とハルさんが私の服を軽く引っ張ったが、私は構わず言葉を続けた。

「商店街の人たちに、会ったことがあるんですか？　会ったこともないのに、そんなありもしないことを言うなんて、ひどいです」

「お客様？　おっしゃっている意味がわかりませ……あ、もしかしてアンタ」

言葉遣いが変わり、店長さんの眼鏡の奥の目つきが変わった。

まずい、と思った時には既にハルさんが私の手を握って走り出していた。ほぼ投げるようにハルさんが私の持っていたカゴをカゴ山に戻すと、一目散に商店街へ向かう。

「ご、ごめんなさい、ハルさん！」

偵察をしに行ったはずだったのに、いてもたってもいられず、つい言い返してしまった。

眉を寄せて謝れば、ハルさんはいつもと変わらない柔らかな表情で振り返った。

「んふふ、依ちゃん。今日の任務はビシッと言うことやろ」

ハルさんは、走るスピードをゆっくりと落としていく。やがて普段の歩くスピードまで落ち、握っていた私の手を離した。

「それにしても、周りが仲悪いのは嫌やねぇ」

そうつぶやいたハルさんは、「うーん」とうなりながらなにかを考え始めた。


そして事が起きたのは、その日の二日後。いつも通り学校が終わった放課後、自転車で駅前商店街の入口まで来ると、人だかりが目に入った。

よく見ると、半分は赤いジャンパーを来た集団。先頭にはあの眼鏡の店長さんだ。対する勢力は、私がよく知る商店街の人たち。先頭に瑠美子さんがいる。両者、険悪な様子で激しく言い争っているようだ。

「依ちゃんっ」

「毬江さん！」

商店街勢の後方にいた毬江さんが、私を見つけて駆け寄ってきた。自転車から降りながら「なにかあったんですか」と聞くと、毬江さんは眉根を寄せた。

「とうとう瑠美子さんたちがブチ切れてしもうて。どないしよ、結弦くんも参加してるし、止めてもらわれへんねん。ハルちゃんにも電話してんけど……」

とっさに辺りを見回すが、ハルさんの姿はなく、まだ来ていないらしい。

このままでは暴動でも起きそうな雰囲気に冷や冷やしていると、商店街の奥からハルさんが小走りでこちらへ来る姿が視界に入った。

「あ、依ちゃん。こんにちは〜」

手を振りながら近づいてくるハルさんに、毬江さんは「ハルちゃん、あっち！」と指をさす。

ハルさんはにらみ合っている商店街とスーパーの人たちを見回すなり、「もう、みんな仲よくしいや」と唇を尖らせて歩み寄っていく。そして手に提げていたビニール袋をゴソゴソと漁り、なんとそこから栗を出すと、バキバキと皮をむき始めた。

もしかして、と思ったその瞬間。

「んなっ！」

「んん！」

瑠美子さんと店長さんのビックリしたような声が響いて、ああやっぱり、と私は苦笑いを浮かべた。

ハルさんはふたりの口に栗を突っ込んだのだ。

瑠美子さんと店長さんは目を丸くしながら、真ん中に立つハルさんを見る。

「おいしいやろ、旬の栗やで〜」

ハルさんは自分の分の栗を口の中へ放り込み、幸せそうな表情でモグモグと咀嚼《そしゃく》する。

「よし、決めた。この後、落ち着いた人からリスボンに集合なあ」

そう宣言し「ほな、また後で」とさっささと歩き出したハルさんを、私も自転車を押して追いかけた。

数十分後、続々とリスボンに入ってくる商店街の人たち。しかしながら、スーパーのあの店長さんや店員さんたちが来ることはなかった。

瑠美子さんたちはまだ少し不服そうな顔でイスに座り、皆でぼそぼそと愚痴を言っているようだった。

ハルさんは訪れた人たちに「いらっしゃい」と声をかけながら、必死に栗を潰し、ラム酒と生クリームを混ぜると、今度はひたすらこねていた。

いったいなにを作るつもりなのだろうか。

私はカウンター席の端っこに座って、今度は栗を細かく切り始めたハルさんの後ろ姿を眺める。ストン、ストンとまな板と包丁が当たるリズムのいい音に耳を傾けながら、そっと目を閉じた。

「おまちどさん」

しばらくして、ハルさんの柔らかな声が聞こえて静かに目を開けると、かわいらしいモンブランの載ったお皿が目の前のテーブルにカシャンと置かれた。

普通のモンブランよりも少し色が濃いマカロンクリームが、ケーキ屋さんさながらにクルクルと見事に巻かれ、トッピングに刻んだ栗が載せられていた。台の部分はクッキーを潰したものを代用しているらしい。

「芳江さんがモンブラン食べたいって言うとったから。残った栗を存分に使《つこ》うたモンブランやで」

「きゃあ、かわいらしい。おおきにハルちゃん！」

嬉しそうな声をあげた芳恵さんはフォークを口に運ぶなり、顔をほころばせる。

私も手を合わせてから、まずひと口、口に運んだ。マロンクリームは滑らかな口触りで甘すぎず、栗のあの独特なほんのり感じる甘さがしっかりと生きていた。

「あっ、おいしいです……！」

「そらよかった。おいしいもの食べて、今日も幸せや」

ハルさんは身を乗り出して私の前のテーブルに頬杖をつき、ふにゃりと笑った。

先ほどまでトゲトゲしていた商店街の人たちも、ハルさんのモンブランを食べてからは楽しげに談笑し始めた。

「依ちゃん。そのモンブラン、栗の味がハッキリしてるやろ？」

「はい」

「でもな、栗だけ入れたモンブランじゃ味気ない。生クリームもラム酒も、少しずつ入れるだけでもっとおいしくなる。お互いのいいところが重なって、おいしくなっていくんやね。ただの栗のお菓子なら今頃はとっくになくなってたかもしれんけど、モンブランやからこそ、昔から今までみんなに愛されてるんやろうなあ」

目を細めるハルさん。

すると、テーブル席に座っていた瑠美子さんが黙って立ち上がった。

「皆、お祭りやらへん？」

唐突にそう提案する瑠美子さんに、ざわざわしていた店内が一瞬静かになった。

「お祭り？」と困惑気味な誰かの声に、「そんなん、急に無理やわ」と誰かがつぶやくと、皆がうんうんと相槌を打つ。

「スーパーと商店街が協力して、お祭りやんねん。ちょうど商店街組合の貯まってるお金の使い道も話し合ってたやん」

「せやけど、なんであんなヤツらと組まなあかんねん！」

不服の声があがって、さらに皆が大きくうなずいた。

確かに、さんざん自分たちのことを悪く言ってきた相手と組むのは不満だろう。

「せやで、商店街をバカにするようなヤツに、なんでうちらが妥協しなあかんねん」

芳恵さんがそう言うと、瑠美子さんは「確かにせやけど」と苦笑いを浮かべた。

「でも、スーパーがあることで商店街のメリットにもなるやん。例えば、スーパーの行き帰りに商店街を通った人たちが、もしかしたらなにか買うていってくれるかもしらん。反対もそうや。どちらにもメリットがあるやろ？　それってお互いがあるからこそ成り立つんや」

瑠美子さんの力説を受け、「確かになあ」と誰かがつぶやいたのが聞こえた。

「皆から長く愛されるには、お互いのいいところを出し合わなあかん。せやろ、ハルちゃん？」

瑠美子さんがハルさんに同意を求めると、ハルさんはなにを答えるわけでもなくニコニコと笑顔を浮かべていた。

「まあ、あの人らがこの話に乗ってこんでも、うちらで勝手にやればええしな」

金物屋の明代さんがそう言えば、お祭りに反対していた人たちも少しずつ賛成の色を見せ始めた。「せやな」「やろうか」と、ぼそぼそとつぶやく声が徐々に大きくなっていく。

「やるで、アンタら！」

瑠美子さんのかけ声に「おお！」と皆のそろった声が返ってきて、ようやく決定した。

皆がイキイキと目を輝かせながらリスボンから出ていくのを見送って、【貸し切り】にしていた看板を店の中にしまった。ハルさんは食器をいそいそと片付けている。

「お祭りやって、依ちゃん。僕もなにかやりたいなあ」

そう言って微笑むハルさん。お祭りが決まったのもほとんどハルさんのおかげなんだけれど、本人はそうは思っていないらしい。

それがハルさんのいいところなのかもしれないなあ、と頬を緩めた。

「お手伝いしますね」

「ありがとう。ほな、一緒に頑張ろねえ」

「はい」とうなずいたところで、カランとドアベルが鳴り、新しいお客さんが入ってきた。


そして仕事が終わる少し前、お客さんがいないのをいいことに『ちょっと行ってくるなあ』と出ていったハルさんは、しばらくして、パンパンに膨らんだエコバッグを手にして帰ってきた。

テーブルに置くなりガシャンとガラスが当たるような大きな音がして、私は目を丸くする。

「どうしたんですか、それ」

「全部、瑠美子さんとこの八百屋さんが作ってるドレッシングやねんけど、最近はまったく売れてないらしくて。賞味期限がそろそろ切れそうやから捨てる、て言うてたからもろうてきた」

中から一本取り出したハルさんは、私にそれを手渡した。

パッケージには【八百屋さんの和風ドレッシング】と書かれている。他にも、中華ドレッシングやイタリアンドレッシングなどがあるらしい。

「せっかくやし、お祭りに出す商品は商店街のものを出したいし、このドレッシング使わせてもらおうかなあって」

「ということは、野菜サラダですか？」

「ちゃうちゃう、チャーハン」

「チャーハン？」

ドレッシングをチャーハンに使うなんて聞いたことがない。

だけど、ハルさんは大きくうなずいた。そして時計を確認するなり「まだ時間あるかなあ、依ちゃん」と尋ねてくる。

「はい、大丈夫です」

うなずくと、ハルさんはテーブルの上に置いていたエプロンを再びつけ、厨房に入っていった。

た。

「試しにふたりで食べてみよか」

「いいんですか？」

「ええよぉ」

そう言って笑ったハルさんは、冷蔵庫から余った白ごはんを取り出した。

フライパンのジュワッという心地いい音に耳を澄ましながら、私はそっと目を閉じた。


五分くらいして、ふわりと漂う香ばしい匂いと共に目の前のテーブルにコトンとお皿が置かれる音がした。

「依ちゃん」

いつもなら、「おまちどさん」と言うはずのハルさんが今日は違った。私の名前が呼ばれてそっと目を開ける。身を乗り出してカウンターに頬杖をつき、私の顔をじっと見つめるハルさん。まさか見られていたとは知らず、ドキッとする。

「依ちゃん、いつも目ぇつむってるけど、なんで？」

こてんと首をかしげたハルさん。

私は目を逸らしながら、しどろもどろに答えた。

「ハルさんが料理する音、心地よくて、温かくて、なんだか……」

『目を閉じているとお母さんがいるみたい』、と続けそうになって慌てて口を閉じた。

男の人にそれを言うのは少々失礼かもしれない。

「そっか、それは嬉しいなあ。僕な、リスボンをそんな場所にしたいねん。心地よくて温かい場所」

「……初めてここに来た時から、ずっとそう思ってましたよ」

私がそう返せば、ハルさんは目を弓なりにして優しく笑った。そして思い出したように、「おまちどさん」とお皿を私の前まで滑らした。

ふわっと香ばしい香りが湯気と共にのぼる。綺麗《きれい》に半球体に整えられた卵と葱《ねぎ》だけのチャーハンだ。

「はい、どうぞ」とスプーンを渡されて受け取り、ひと口分すくって口に運んだ。

どうやら私が食べたのは、中華ドレッシングを使ったチャーハンらしい。中華屋さんのチャーハンみたいに、ごはんはパラリとしながらもふっくらとした触感。ドレッシングの旨味はしっかりと活かされていて、濃厚なのに全然油っこさを感じさせない、軽やかな香ばしさがある。

「おいしい……！」

「そらあよかった。ポイントは、ごはんを炒める前にドレッシングをかけることやで。時間短縮できるし、ごはんがパラパラになるねん」

楽しそうに説明するハルさんは、自分の分もよそってから私の隣に座った。

あっという間にペロッと完食してしまい、「ごちそうさまでした」と手を合わせる。食器を下げようと立ち上がると、

「依ちゃんはホンマ、食いっぷりがええなぁ」

ハルさんが笑いながらこちらを見ていた。

自分がそんなにガツガツ食べていたのかと思うと、急に恥ずかしくなって、私は顔を赤らめながら固まってしまった。

「あ、あの、年頃の女の子にそうゆうこと言うのってどうなんでしょうか？　……ちょっと傷つきます」

ヘコみつつも、ハルさんに抗議する。

「そうなん？　僕、すっごい食い意地汚い、しょっちゅう口の周りに食べ物つけてまう子の面倒見とったから、あんまり気にせんくて。嫌やった？」

申し訳なさそうに眉根を寄せたハルさん。

「いやその、嫌というか……食いっぷりがいいのは事実なので別にいいんですけど……」

「ははっ。ほなよかった」

それにしても、さっきハルさんが言っていた『すっごい食い意地汚い、面倒を見てた子』って誰のことなんだろう。妹さんだろうか？　でも兄妹がいるという話は聞いたことがないけれど……。

心の中でぼんやりと疑問に思いながら、私は曖昧に笑った。

『ハルちゃん！　決まったで！　お祭り決行や！』

瑠美子さんがリスボンへ嬉しそうに駆け込んできたのは、その翌日だった。

リスボンでモンブランを食べた後すぐに、スーパーの店長さんの元へみんなで直談判に行ったらしい。

『あいつら、断ったら店の評判悪なるんとちゃうかとか思うて受け入れたんやで、きっと！』

そんなことを言いながらもウキウキとした表情を隠せない留美子さんは、『ほな忙しいでな！』と颯爽《さっそう》とリスボンを去っていった。

お祭りへ向けて着々と準備が進み始める。商店街の人たちがリスボンに集まって楽しげに話し合う姿をよく見た。

食べ物の屋台だけでなく遊べる屋台も出したいという話が出て、魚屋のタツオさんが知り合いから金魚を大量に仕入れたんだとか。さらに盆踊りのステージや大量の提灯なんかも借りるつもりらしい。

　お祭りの前日まで、リスボンでは会議が続いた。

「ほなハルちゃん、明日はよろしく頼むで！」

「頼んだでハル！　依ちゃんもよろしくなあ！」

　手を振りながらリスボンを出ていく瑠美子さんたちに、ハルさんは軽く手を振った。

私も小さく頭を下げて、帰っていく商店街の人たちを見送る。

「いよいよ明日やねえ」

　クローズの看板を出して中に入ると、ハルさんは目を細めて嬉しそうに言った。

「そうですね」

　お祭りを企画してたった二週間しか経っていないけれど、準備も滞りなく進んだ。

明日は成功するといいな。

「忙しくなると思うけど、よろしくなあ依ちゃん」

　私は「はい」とうなずき、微笑み返した。


　お祭り当日の日曜日早朝。会場となる城北公園へ着くと、既にそこには何人もの商店街の人たちやスーパーの店員さんたちがせわしなく動いていた。

「あれ、アンタ依ちゃん？」

背後から声をかけられて振り向くと、目を丸くした瑠美子さんたちが立っていた。

「おはようございます」と頭を下げる。

「いや〜、ビックリした。今日は髪の毛をポニーテールに結い上げてきたんやね。知り合いにそっくりでたまげたわ！」

「ホンマにそっくりやったわ！　ホンマにたまげた」

おばさんたちが口々に言う。

反応に困って曖昧に笑っていると、背後で砂利を踏みしめる音がした。そして、「トモ？」と驚きの混じったような声がして振り返る。

するとそこには、目を見開いたハルさんが立っていた。手にしていたトングをカランと地面に落とす。

「あ……ごめん。知り合いに似てて、ホンマにビックリしてもうた」

一瞬顔をこわばらせたようにも見えたが、ハルさんはいつものようにふにゃりと笑い、思い出したように「おはよう」と挨拶をしてトングを拾った。

間違えられたことは一向に構わないのだけれど、いったい『トモ』さんとは誰なんだろう、と首をかしげる。

「おはよう、ございます」

なんともいえない空気が漂う中、小さく頭を下げた。

「今日は、瑠美子さんたちのところを手伝ってあげてなあ」

「え？　ハルさ——」

ハルさんは私の返事も聞かずに柔らかく微笑むと、急ぎ足で屋台が設営されている方へと駆け出していった。

いったい今日のハルさんはどうしたんだろう。もともと今日私はハルさんの屋台を手伝うために来たのに、あんなことを言うなんて。

しかも、瑠美子さんたちがハルさんの背中を切なげな表情で見送っていることも気になった。

だけど、気を取り直したように「ほな行こか！」と瑠美子さんが私の背中をバシッと叩いた。

「スーパーのヤツらは、祭りっちゅうもんをわかっとらへんからな！　うちらが一から叩き込まなあかんで！」

「……は、はい」

ハルさんのあんな顔や留美子さんたちの表情を見た後では、なにも聞くことができなかった。

太陽が傾いて辺りが暗くなり、城北公園には続々とたくさんの人が集まり始めた。

金魚すくいや射的、ヨーヨー釣りで遊ぶ子供たち、ベンチや木陰で屋台の食べ物を食べるカップルに、家族連れ。皆、片手には、事前に配ったチラシを持っている。

「ほら！　買い物袋に食品を詰める時に一緒に広告も入れるって僕の案、効果的でしたでしょう！」

「広告作ったのはうちらや」

指示を出す本部用にと設置したテントの下で、瑠美子さんと店長さんは相変わらずいがみ合っているけれど、無事にお祭りを始めることができた。

「依ちゃん、ハルちゃんにこれ差し入れな！　コロッケ二枚入ってるから、休憩できる時にふたりで食べ！」

邪魔そうに店長さんを押しのけ、私にビニール袋を渡した瑠美子さんはにこりと微笑んだ。

そういえば、本部テントでいろいろと指示を出す瑠美子さんの手伝いをしている中でちょくちょくなにかをつまんではいたけれど、ちゃんとした昼ごはんを食べていなかった。

「僕のスーパーのコロッケですよ、それ！　味は間違いなくおいしいですよぉ」

「いちいちうるさいねん、アンタは！」

首根っこをつかまれた店長さんは、瑠美子さんに引きずられるようにして本部テントから出ていった。

私もいただいたコロッケを片手に、ハルさんが働いている屋台へ向かった。

よく見てみれば、ハルさんの屋台の前には長蛇の列ができていた。ざっと二十人は並んでいる。

「わ、大変」

手伝いに入るべく、慌てて走り出した。

それにしても、ハルさんの屋台が大盛況になることは予想していたし、だから手伝うつもりでいたのに、なぜ私に『瑠美子さんを手伝って』と言ったのだろうか。

「ハルさん、やっぱり手伝います」

後ろからそう声をかければ、ハルさんが振り返る。そしてどこか困ったように笑うと、「うん。お願い」と小さくうなずいた。

「ほな、お会計担当してもろうてええかな？　僕、食材触ってるからお金触られへんくて、今のところお客さんに適当にお釣りとってもろうてて」

「ええ！　それはダメですよ！」

「でも、今まで問題なかったで～」

私は脱力するように肩を落とした。だけど列に並ぶ人がまた増え始めたので、慌てて店頭に立つ。

ハルさんが出した屋台は、瑠美子さんの八百屋さんが作った各種ドレッシングをチャーハンに利用した『ドレッシングチャーハン』を紙皿に載せて売っている。業務用の大きな炊飯器を借りて昨日の晩から大量のごはんを炊いていたけれども、すぐに売り切れになりそうだ。

「大反響ですね」

やっと客足が落ち着き始めた頃、話す余裕ができたので、私はハルさんに声をかけた。

「せやねえ。瑠美子さんのドレッシングおいしいもんなあ」

そう言いながら華麗なフライパンさばきを見せるハルさん。いつもはカウンター越しに背中しか見ていなかったせいか、こうして間近でハルさんの料理姿を見ると、すごく様になっていて、さすがだなぁと思う。真剣な表情でフライパンを握る様子はやっぱり格好いい。

「……和風ドレッシングのチャーハン、ひとつください」

「はーい。あ、スーパーの店長さんやん」

返事をしたハルさんに、店の前に立って腕を組んでいた店長さんは少し顔をしかめた。

「うちが販売してるチンするだけの冷凍チャーハンのほうがおいしいに決まってます

けど、まあ、せっかくだし食べてやろうかなと」

言い訳がましく言った店長さんに、私は内心むっとする。

しかしハルさんは気分を害した様子もなく、「確かにあの冷凍チャーハンはおいしいですねえ」と相槌を打った。

というかハルさん、それ食べたことあるんだ。

呆気にとられながらも、私は店長さんからお金を預かりお釣りを返す。

「おまちどさん」

ハルさんは笑顔でスプーンと紙皿を店長さんに手渡す。

仏頂面で受け取った店長さんは、その場でひと口、チャーハンを口に運ぶ。

咀嚼《そしゃく》するなり店長さんの仏頂面は消えていき、そして目を丸くする。

「さ、参考までに聞いておきますけど、これってどうやって……」

「店長さんが言うてた、〝ガラの悪い商店街〟の八百屋さんが作ったドレッシングを、〝ゴリゴリマッチョな元ヤン上がり〟の僕が料理してんで～」

満面の笑みで説明するハルさん。どうやら悪口を言われたことには、ハルさんなりに怒っていたらしい。

みるみるうちに店長さんの顔がこわばり、私は思わず笑いそうになった。

「店長さんが『うちの冷凍チャーハンはおいしい』って思ってるように、僕もこのチャーハンはおいしいと思ってるし、商店街の人たちも自信を持ってお店やってるんやと思うで〜」

ハルさんのそんな言葉に、店長さんの眼鏡の奥の目が大きく見開かれる。そしてなにも言わずに、本部テントへ戻っていった。


一時間くらいして、櫓《やぐら》の周りにぞろぞろとみんなが集い出した。

「あ、今から『大阪音頭』が始まるらしいで。行こか」

「え、でもお店が」

「明代《あきよ》さーん、ちょこっとお店、お願いしてもええかなあ。多めに作り置きしといたから」

ハルさんは、そばにいた金物屋の明代さんに声をかける。

すると「ええよー」と快く了承してくれたので、私たちは少し休むことにした。

しばらくして、太鼓や笛の賑やかな音色が聞こえ始める。

「あちゃー、タツオさんたち、櫓の上で腹踊りし始めてもうた」

頭に鉢巻きをして、音頭の曲にも負けないくらいの大きな声でゲラゲラと笑っているタツオさんたち。なぜかスーパーの店長さんも、瑠美子さんに引っ張られながら櫓の下で踊らされている。

そんなみんなの姿に笑みがこぼれる。

「みんな楽しそう」

「僕らも楽しまなあかんなあ、まずはりんごあめや」

ハルさんは振り返って私に手を差し出した。

なんの手だろうか？と首をかしげると、ハルさんはすかさず私の手を取り、自分の手と絡めてぎゅっとつないだ。

ばくん、と大きく胸が鳴る。恋愛経験がない私は、男性と手をつなぐことなど生まれてこのかたしたことがないのだ。目を瞬かせながら、つながれた手とハルさんの顔を交互に見た。

だけど、ハルさんは私の動揺に気づくことなくスタスタと歩き出した。

「は、ハルさん⁉」

「んー？」

「あの、手を」

かあっと熱くなる頬を隠すようにうつむきながら訴える。

「でも、トモがあっちこっち食べ物の屋台行ってもうて、見失ったら困るから」

「……トモ？　あの、私はそんなに食い意地汚くないですよ！　いったい誰の話ですか！」

た。

「ほら行くで～」

私の突っ込みを受け流して楽しげに笑ったハルさんは、私の手を引っ張り駆け出した。

「ハルさん、さすがにもう無理です……」

ハルさんに次々といろんな屋台を連れ回され、金魚すくいや射的などのゲーム系の屋台ならいいが、りんごあめやたこ焼き、フライドポテトなどの食べ物の屋台までも制覇する勢いで出店を巡るハルさんに、私はとうとうギブアップの声をあげた。

「えー、あとベビーカステラ食べたいって言うてなかった？」

こてんと首をかしげたハルさん。

「言ってません」

私は頬を引きつらせながら即答した。

しかもハルさんは私を連れ回すだけで自分はなにも食べないし、さらにどの屋台でも『僕が出すから』と、私がお金を払うのを何度も制止した。

いったい今日はどうしたというのだろう。

言い表せない違和感に私は眉根を寄せ、最後の一個のたこ焼きをなんとか咀嚼し飲み込みながら、櫓を見上げるハルさんの横顔を見た。

「あ、タツオさん。わたあめ一個ちょうだい」

わたあめ屋さんを担当していたタツオさんが櫓から戻ってきたらしく、ハルさんが声をかけた。

「おお、ええで！　ハルが食うんか？　でっかいの作ったんで！」

「ちゃうちゃう、僕のやないよ」

「依ちゃんか？　お前、さっきから依ちゃんにいろいろ食わせすぎやで！　トモじゃあるまいしなあ！」

赤い顔でゲラゲラと笑いながら言ったタツオさんに、その声を聞いていたらしい奥さんのキヨさんが血相を変えて飛んできて、タツオさんの頭を遠慮なしに叩いた。

「行くでアンタ！」

キヨさんが「堪忍《かんにん》。ハルちゃん、堪忍な」と何度も謝りながら、タツオさんを引きずってどこかへ行ってしまう。

そんな光景に驚いて、目を瞬かせる。また出てきた『トモ』さんという名前と、どこかハルさんに遠慮するような気を使うような商店街の人たちの態度に、よりいっそう違和感が強まる。

「……そっかあ」

唐突につぶやいたハルさん。こちらに背を向けているので、表情は見えない。

「そっか、そやね。トモじゃない、トモじゃないのに」

普段通りの優しい声色で言ったハルさんは、ゆっくりと振り返った。普段と変わらない笑顔のはずなのに、なぜだか瞳の奥が悲しげに見えた。

その様子に不安が募り、胸が騒ぐ。眉根を寄せてハルさんを見上げた。

「ひとつ、お願いしてもええかな」

ハルさんがじっと私を見つめる。

「は、はい。私にできることなら」

「ウソでもええから……『楽しかった』って言うてもらえるかな。『今日のお祭り、楽しかった』って」

聞こえてくる太鼓や笛の音にかき消されそうなほど、小さな弱々しい声だった。

常に穏やかに笑っているハルさんからは想像できない、今にも泣き出しそうな表情に言葉が詰まり、そして戸惑った。

ハルさんが今なにを思っているのか、私にはまったくわからない。『トモ』さんとは誰なのか、今日一日様子がおかしかったのはどうしてなのか、聞きたいことは山ほどある。でも今はただ、いつも通り笑ってほしい。そう強く思った。だから……。

「……今日のお祭り、楽しかった」


「え?」

私はなんとか笑顔を取り繕って口にする。

するとハルさんは、嬉しそうに目を細めた。

「ありがとう、依ちゃん」

今日初めて、ハルさんに名前を呼ばれたような気がする。今日はずっと自分を通して、違う誰かを見ているような感じがしていたから。

「戻ろっか」

そう言って歩き始めたハルさんは、さっきまでのように私の手を握ることはなかった。

ハルさんは、私を通して誰を見ているのだろう。

先を行く背中を見つめる。賑やかだった笛太鼓も、まぶしかった屋台と提灯の明かりも、心地よかった少し冷たい風も、なんだか今では物寂しいように感じた。


翌日の放課後。通常通り営業していたリスボンのドアが、カランと音を立てて勢いよく開いたのと同時に、瑠美子さんが駆け込んできた。

「ハルちゃん依ちゃん、偉いこっちゃ！　うちの八百屋、大繁盛やで！」

お祭りで売るベビーカステラを作るためにと買ったが結局いくらか余ってしまったホットケーキミックスでパンケーキを焼いてくれていたハルさんは、振り返って微笑んだ。

「そらあよかったやん、瑠美子さん」

「せやねん！　ドレッシングも全部売り切れたで！　ハルちゃんから教えてもらったドレッシングチャーハンのレシピもいろんな人に聞かれたわ！」

興奮気味にカウンターへ身を乗り出した瑠美子さんは、「さらに、や！」と嬉しそうに言葉を続ける。

「あの小生意気なスーパーの店長が、うちの店にドレッシング買いに来てん。『敵情視察ですから』とかぬかしとったけど」

どこか嬉しそうに言った瑠美子さんに、私とハルさんは顔を合わせて微笑みを交わす。

さらに店長さんは、今後も定期的にお祭りを開かないかという提案をしたらしく、今度詳しく話し合うらしい。

楽しげに報告しながら、瑠美子さんはカウンター席のイスを引いて座った。

「あら、パンケーキ？　ええなあ。ハルちゃん、うちのもある？」

「作ったるよ～、食べてく？」

「いやん嬉しい！　ぜひとも食べて……いかん！　あかんあかんあかん。店放ったらかしやし！　ドレッシングが全部売り切れて、興奮して後先考えず来てもうたんやった。ほなさいなら、帰ります！」

瑠美子さんは飛び出すようにリスボンから出ていった。

嵐のように去っていく瑠美子さんを見送りながら、思わずクスクスと笑ってしまった。

「な、依ちゃん。残り物には、福があったやろ？」

ハルさんはふふっと微笑むと、私が座るカウンターの前にコトンとお皿を置いた。イチゴとバナナ、そしてキウイでかわいくデコレーションされ、イチゴジャムとチョコソースがかかった、かわいらしいパンケーキだ。

「わあ、素敵です」

「んふふ、ありがとう。あ、バナナ食べられへんかったよな」

そう言って慌ててお皿を下げようとするハルさん。

「……あの、ハルさん。私、バナナ食べられますよ」

「え？」

「バナナ、食べられます」

もう一度はっきり伝えると、ハルさんは目を瞬かせた。そして、申し訳なさそうに眉根を寄せ、困ったように笑いながらお皿を元の位置に置いた。

「ごめん、依ちゃん」

お祭りの時から、ハルさんの様子が変なのは気がついている。ハルさんは私を〝誰か〟と重ねているんだということも。

そして私を〝誰か〟と間違えるたびに、ハルさんは切なげに目を細める。

「依ちゃん。食べよっか、依ちゃん」

ハルさんは確かめるように私の名前を何度も口にして、微笑みながら私の隣に座った。

その横顔を見るだけで、私も苦しい気持ちになるのはなぜだろう。

冷たい秋の風が、カタカタとリスボンのドアを揺らす。

窓から見える商店街は、物寂しげな秋の風景へと移り変わり始めていた。

レシピ4

街おこし ドレッシングチャーハン 福

材料（2人前）

- ごはん…………2膳分
- 中華ドレッシング
　…………………大さじ1
- たまご…………1個
- 焼き豚…………50g
- 小ねぎ…………5cm

作りかた

1. ごはんにドレッシングを混ぜ合わせておく
2. 小ねぎは小口切りにする
3. 焼豚は1cm角に切る
4. フライパンでたまごを炒め、皿にとっておく
5. 焼豚と1を炒める
6. 4を加えて、さらに炒める
7. 盛りつけて、小ねぎをかけたら完成

第四章　ごめんね包みのカレー春巻き

十一月も中頃に差しかかり、我が家の近くにある城北公園に植えられた木も、その葉を茶色に染めて散らし始めていた。

金曜日の放課後。空全体に雲が広がる、まさしく秋の空だった今日も、リスボンのドアベルはカランと鳴った。

「寒い〜、依ちゃんストーブつけて〜」

首を縮めて外から戻ってきたハルさんは、帰ってくるなりそう言った。

「まだ十一月ですよ、ハルさん」

テーブルを拭いていた手を止めて、私は笑った。

「でも寒いんやもん。うう、ホンマに寒い。だってほら、僕の手こんなに冷たいで」

「ひゃあっ」

手を伸ばしたハルさんは、私の頬にぺたっと手をあててきた。その冷たさと、ハルさんの唐突な行動に驚いて変な声をあげてしまう。

「ははっ。依ちゃんの頬っぺ、温かいなぁ」

鼻をスンと鳴らしたハルさんはコートを脱ぐと、手首に提げていた白いビニール袋をホクホク顔で開けた。

「さて、うちの商店街にも焼き芋の季節がやってまいりました」

ハルさんは袋から新聞紙に包まれた焼き芋を嬉しそうにひとつ取り出して、それをふたつに割り、「はい依ちゃん」と半分を私に手渡した。

「わ、ありがとうございます」

ホカホカと上がる湯気と共に漂ってくる甘い香りに頬を緩めた。

「安納芋《あんのういも》やで」

カウンター席に腰かけたハルさんは、隣のイスを引いて座席をポンポンとたたき、私に座るように促す。そこへ腰かけ「いただきます」とつぶやくと、手の中で湯気を立たせる焼き芋にかぶりついた。

「あ、すごく甘いです！」

あふれ出す蜂蜜のような甘い蜜に目を見開いた。こんな焼き芋は初めてだ。

おいしさに目尻を下げてハルさんと微笑み合っていると、またカランとドアベルが鳴った。

「ちょお、聞いてやハル！」

「いやハル、俺の話を聞け！」

そう言って飛び込んできた、ふたりのおじさんたち。

ひとりはよく知っている人、お馴染みの魚屋タツオさんだ。もうひとりは、銀の細いフレームの眼鏡をかけたやや高身長のおじさんで、商店街とスーパーが催した秋祭りの準備で何度か顔を合わせたことのある生花店の保《たもつ》さんだ。

「俺のが先や、黙っとれ！」

「いや、俺のや！」

「ハル、俺の話を聞け！」

いがみ合いながら、カウンターに腰かけていた私たちの前まで着たふたり。

ハルさんはそんなふたりを見て、こてんと首をかしげた。

「なにを仲良くじゃれあってるん？」

「なんでやねん！」

タツオさんと保さんの声のそろった見事なツッコミに、思わず笑いそうになってしまったがなんとか堪えた。

「だいたいお前はいつもいつも、なんで口を出してくるんや！　俺が商店街組合の会長やぞ！」

タツオさんがそう言って、ギロリと保さんをにらんだ。

「なにを言うとんねん！　俺は全国商店振興連盟の副会長や！」

むすっとした表情で返す保さんに、タツオさんが「ふん」と鼻で笑う。

「だからなんやねん！　商店街の組合ではそんなん関係ないわ！」

激しい口喧嘩が始まって、止めようとしたが既に遅し。声をかけるタイミングを逃してしまい、冷や冷やしながら成り行きを見守る。

すると、トントンと肩が叩かれ、ハルさんの方を振り返った。

「依ちゃん、中世初期のヨーロッパでな『聖職叙任権闘争《せいしょくじょにんけんとうそう》』っていう、まあ簡単に言うたら『ローマ教皇とローマ皇帝はどちらが偉いのか？』って争いがあってん」

突然話し始めたハルさんに、黙ってうなずき相槌を打つ。

こういう時は、必ずといっていいほど、ハルさんが語る世界史と今日の前で起きていることがリンクする。きっと今回もタツオさんと保さんに関係することだろうと理解したから、とりあえずふたりのことは置いておいて黙って話に耳を傾けた。

「ほんで、一一二二年にお互いが妥協して、『ヴォルムス協約』っていうのを結ぶねん。い（一）い（一）夫（二）婦（二）は、お互いに妥協が大事やねんで」

ふにゃりと笑ったハルさんはイスから立ち上がると、手に持っていた食べかけの焼き芋を半分に割った。

言い争うふたりに、食べ物を半分に割って両手に持つハルさん。

既視感を覚えた次の瞬間、タツオさんと保さんの間に体を滑り込ませたハルさんは、やはり手にしていた焼き芋をふたりの口に突っ込んだ。

突然のことに目を丸くするタツオさんと保さん。

のほほんとした表情を浮かべたハルさんは、ふたりから離れると、テーブルの上に無造作に置いていたエプロンをつけた。

「はい。ではでは、頭冷やしたら席に座ってや〜」

そして厨房に入って、流し台を片付け始めた。

「お話聞くから、ひとりずつなあ」

「ほな俺が」

「俺が先や！」

また口論が始まりそうな雰囲気になる。

「妥協が大事やで」

ガスコンロの下にある戸棚から包丁の研石《といし》を取り出したハルさんは、シャキンという音をさせ包丁を研ぎながら微笑んだ。

するとタツオさんと保さんは、今度は顔を青くして何度もうなずきながら「お先にどうぞ」「いやいや、そっちからどうぞ」と譲り合いを始めた。

シャキン、シャキン、とハルさんが包丁を研ぐ音が店内に響く。

「……いや、なんや。もうええわ、やっぱり。なあ、保さん」

「せ、せやな。もうええわ」

引きつった笑みを見せたふたりは、「邪魔したな、ハル」とそそくさと店を後にした。

「うんうん、お互いに妥協が大事や」

並んで出ていったふたりの背中を嬉しそうに見送ったハルさんに、私は苦笑いを浮かべた。

「なんでみんな仲よくでけへんのかな。いちいち腹立てても、疲れるだけやのになあ」

そういえば、ここで働き始めてから、一度もハルさんが声を荒らげたり怒ったりする姿を見たことがない。リスボンにやってくる商店街の人たちは喜怒哀楽が激しいのに、ハルさんはいつも静かに笑っている。

「ハルさんは疲れるから怒らないんですか？」

私が尋ねれば、ハルさんは斜め上を見て考えるふりをする。

「んー、というよりも怒りが湧かへんのかな、僕の場合は」

「どうしたら心の平安を保っていられるんでしょうか？」

私も人並みに腹を立てるし、イライラすることはある。けれど、ハルさんみたいに心穏やかに過ごせたらどんなに幸せだろうか。

「せやねえ……。例えば、すっごいムカつくことを人に言われたりされたりしたら、その人は宇宙人やからなに言うても無意味って思ったらええねん。宇宙人やから仕方ないなあって諦められるやろ」

そう言ってのほほんと笑ったハルさんに、私は絶句した。

なんというか、ハルさんってけっこう、いや相当腹黒い人なのかもしれない。

「あとな、嫌なことされた瞬間、すぐに『あ、全然大丈夫やで！　オッケー！』って、たっぷりと皮肉を込めて満面の笑みで対応すんねん。相手に謝らせた気になれるし、悪口言わずに反撃できるで」

ハルさんの口から次から次へと出てくる言葉に、私はただただ口をあんぐりと開けて呆然とする。

どうやらハルさんは顔に出さないだけで、心の中ではすごく怒っていたりするみたいだ。

「依ちゃんもやってみてなあ。心の平安を保てるで」

「は、ははは……やってみます」

苦笑いで返事をすれば、ハルさんは嬉しそうに微笑んだ。

その一件から、特になにも起こらずに平和な日々を過ごしていたが、とある土曜日の朝。いつも通りオープン前に瑠美子さんたちが朝ごはんを食べに来た後、十時に店を開いたところで、結弦さんと毬江さんがやってきた。毬江さんは黒いワンピース姿で花束を持ち、結弦さんもスーツ姿だった。

これからどこへ行くのだろうか。

「ハルちゃん、こんにちは」

厨房で仕込みをしていたハルさんが、毬江さんの声を聞いて頬を緩めながら振り返った。

「いらっしゃい。結弦兄に毬江ちゃん」

私たちに小さく手を振りながら入ってきた毬江さん。結弦さんは片手にぶら下げていたビニール袋を軽く掲げ、カウンター席の机に置いた。

「果物屋の芳江さんがハルに渡してって。ちょっと傷み始めてるらしいけど、残り物やからあげるって」

「そうなん、わざわざありがとうな。ほなミックスジュースでも作ろか。すぐできるし、結弦兄と毬江ちゃんも飲んでいって〜」

嬉しそうに袋の中を物色したハルさんは、早速調理に取りかかった。

「依ちゃんも座っといて。休憩、休憩」

そう言いながら慣れた手つきでするするとリンゴの皮をむいていく。

「はい」と小さくうなずいて、毬江さんの隣に座った。

「ハルちゃんのミックスジュース、おいしいから嬉しいわあ」

「確かにハルのはおいしいな」

うんうんとうなずき合う結弦さんと毬江さん。

「この後、ふたりでお出かけですか？」

私が尋ねると、「デートではないねんけどね」と毬江さんが先ほど手に持っていた花束を軽く掲げた。

よく見ると、それはただの花束ではなく菊や竜胆《りんどう》が使われた仏花だった。

「トモの……俺らの幼馴染のお墓参りに行くつもりで」

少し声色を変えて説明する結弦さん。

『トモ』さん。ずっと私の心の中で引っかかっていた名前が結弦さんの口から出てきたことに、ドキンと胸が高鳴る。

思わず厨房に目をやると、その名前が出た途端、ハルさんは一瞬動きを止めた。そして切り終えたフルーツとミキサーを持って振り返り、カウンターのテーブルに置くと、「もうそんな時期か」としみじみつぶやいた。

「そういや、結弦兄たちって、毎年トモのお墓参り行くついでにリスボンに寄ってくれてるもんなあ」

昔を懐かしむような声で、ハルさんは目を細めて微笑んだ。

「ハルちゃんはどうするん」

なぜか恐る恐る、そして少し遠慮気味に尋ねた毬江さん。

「僕は……」

「僕はまだ行かれへん、か？」

真剣な表情の結弦さんに、ハルさんは苦笑いを浮かべた。

いったいなんの話だろう。毬江さんの態度も、結弦さんの言葉も、妙に引っかかる。ハルさんと結弦さんたちの間だけで成り立っている会話に、私は眉根を寄せた。

「ハル、俺が言うのもなんやけど――」

「結弦兄」

結弦さんの言葉を遮るように名前を呼んだハルさん。穏やかな笑みをたたえて小さく首を振ると、ミキサーの中にフルーツと牛乳、そして最後に氷を入れてボタンを押す。

ミキサーの動く音だけが、静かなリスボンに響いた。

ハルさんたちの幼馴染『トモさん』とは、本当にいったい誰なんだろう。そして、ハルさんがトモさんと私を重ね合わせているのはなぜだろうか。ふたりの間になにがあったのだろう。

次々と疑問が浮上して、それと同時に胸に痛みを覚える。なぜこんなにも苦しくなるのか、よくわからなかった。

「あちゃー、やってもうた」

ランチタイムも終わりかけた頃、お客さんがまだ二、三人いる店内で空いた食器を下げていると、ハルさんが冷蔵庫をのぞきながらつぶやいた。

「どうかしましたか？」

歩み寄って尋ねる。

「卵切らしてもうたー」

「あ、買ってきますよ」

「ごめんなあ」と申し訳なさそうに眉を下げたハルさんは、私にがま口財布を手渡した。

「あと、五枚入り二九八円のスーパーのコロッケも」

「コロッケ、ですか」

目を瞬かせて聞き返す。

「うん、今食べたくなった」

そう言ってふにゃりと笑ったハルさんは、「車に気をつけてなぁ」と手を振って私を送り出す。

ああ、相変わらずのハルさんだ。

先ほど妙な雰囲気になってしまったから、いつも通りのハルさんにほっと胸をなでおろした。

コートを羽織って外に出ると、同時に強い冷たい風が吹き、思わず首を縮めた。ハルさんがストーブをつけたくなる気持ちもなんとなくわかる。

自然と早足になり、ピッチを上げてスーパーへ向かった。

「卵と、コロッケ。よし」

買い物を終え、袋の中をのぞき込みながら小さくうなずく。店に入るなり、あの秋祭りで無事和解し仲よくなった店長さんと目が合い、いろんな商品やら試食やらを勧められてしまい、だいぶ時間が過ぎてしまったから急ぎ足で戻らなければならない。

小走りで商店街を通っていると、ランドセルを背負った小学三年生くらいのふたり組とすれ違った。

土曜日なのに授業があるなんて大変だなあ、なんて他人事のようにに思いながらその横を通り過ぎた時。ひとりの男の子がその場に座り込んで、火がついたように泣き出した。

ぎょっとして足を止める。どうしよう、声をかけたほうがいいのかな、と戸惑っていると……。

「墺太《おうた》、塞《さい》！　アンタら、また喧嘩してんのか！」

通りすがりの自転車を押していたおばさんが、ケラケラと笑いながらふたりに話しかけた。

「だって、だって塞が！」

しゃくり声をあげながら訴えるのは、『塽太』と呼ばれた男の子らしい。眼鏡をかけたおとなしそうな少年だった。

「あー、知らん知らん。アンタらの話聞いてると長くてかなわんし。そこで仲よく喧嘩しとき」

「仲よく喧嘩ってどっちやねん！」

鋭く突っ込んだのは、『塞』と呼ばれた男の子。泣いている塽太くんと顔も体格もそっくりなので、もしかするとふたりは双子なのかもしれない。だけど塞くんのほうが少し勝気で気が強そうな印象だ。

「気をつけて、はよ帰りな。ほなね～」

颯爽と立ち去っていったおばさん。

すると、余計に塽太くんが大きな声で泣き出した。

私はどうしたものかとその場でおろおろすることしかできない。

「依ちゃんもほっとき、ほっとき。しょっちゅうその子ら喧嘩しよるし」

これまた通りすがりのリスボンの常連さんがそう言ってくれる。

けれどもやはり放っておくことはできず、結局私は塽太くんの前にしゃがみ込んで話しかけることにした。

カラン、とドアベルを鳴らして中へ入ると、ハルさんが洗い物をしながら振り返った。

「おかえり、依ちゃん」

そして私の陰から現れた塤太くんと塞くんに気がついて、首をかしげた。

「どないしたん、世渡《よわたり》家の双子くんたち」

私の服の裾をつかみながら未だ泣いている塤太くんと、仏頂面の塞くんは、やはり双子だったらしい。

「とりあえず座り」とカウンター席を指さしたハルさんは、解体して洗ったばかりのミキサーをまた組み立て始めた。

「ふたりともミックスジュース飲む？」

「飲む！」とふたりが声をそろえて目を輝かせれば、ハルさんは楽しげに笑った。

世渡塤太くん、世渡塞くん。どうやらふたりは、この商店街で米屋を営む世渡夫妻の末っ子のようだ。

この商店街で、世渡家は大家族として有名だ。兄弟姉妹は合わせて九人もいる。

何度かハルさんと世渡夫妻の米屋へ行ったことがあるが、末っ子の塤太くんと塞くんとは初めて会った。

「ふたり共、どないしたん」

できあがったミックスジュースにストローをさしてふたりの前に置いたハルさんがそう尋ねれば、塞くんがより仏頂面になってストローをくわえて顔を背けた。

「塞が、塞が僕の鈴虫を二匹とも逃がしたんや！」

ダン！とカウンターのテーブルを叩いてハルさんに訴える墺太くん。

「逃がしたんとちゃうし。逃げたんや」

ギロリと互いににらみ合うふたり。

ハルさんはやれやれといった表情で肩をすくめ、「またそんなことで喧嘩してんのかぁ」と、不貞腐れている塞くんのほっぺをつついた。

「謝らへんかったら、もう塞とは絶交や！」

「ええし、別に。お前となんて口きかんでも生きていけるし」

「まあまあ、そんなこと言わんと。あ、コロッケ食べる？」

その瞬間、「食べる！」とまた声をそろえたふたり。

ハルさんは笑いをこらえるような表情で、買ってきたばかりのコロッケを袋から取り出した。

墺太くんたちはお互いに口も聞かないで黙々とコロッケを口に運び、先に食べ終えた墺太くんが塞くんに鋭いまなざしを向けてから立ち上がった。

「塞！　僕は謝るまで許さんからな。ハル兄ちゃんに依ちゃん、ごちそうさまでした。バイバイ！」

「あ、き、気をつけてね！」

塽太くんはランドセルを背負うと、塞くんを残してさっさとリスボンから出ていった。

カラン、と閉まったドアを塞くんがじっとにらみつける。

「許さんくてもええし。こっちには露太朗《つゆたろう》兄ちゃんが味方におるし」

そう言った塞くんは、ふんと鼻を鳴らして席を立った。

「ごちそうさまでした。ハル兄ちゃん、依ちゃん！　バイバイ！」

「あ、うん。気をつけてね」

同じようなセリフを残して帰っていく塞くんの後ろ姿をハラハラしながら見送った。

するとハルさんが、堪えきれなくなったのかクスクスと笑い出す。

「どうしたんですか？」

「いやあ、かわええなあって」

おかしそうに頬を緩めたハルさんは冷蔵庫の前にしゃがみ込み、中をゴソゴソ漁り始めた。「今日のまかない、なにがええかなあ」と鼻歌交じりに舞茸《まいたけ》を取り出す。

「水分出てきてるやん、この舞茸。もうアウトやなあ」

思案するように斜め上を見上げたハルさんは、「よし、使お」と立ち上がった。

それからハルさんは、まな板と包丁、そして冷蔵庫の隣の棚から食パン一斤を手に取る。

ハルさんが愛用しているのは、業務スーパーで安く買える天然酵母食パンだ。リスボンで出すサンドウィッチやモーニングセットのトーストも全部、それを使っている。私もハルさんに勧められて家でもこの食パンを食べているが、これが驚くほどもちもちで、パンの耳まで甘く、とてもおいしいのだ。

「依ちゃん、食パン薄く切ってくれへん？　今日のまかないはサンドウィッチにしよかと思うねんけど」

ハルさんはカウンターのテーブルに、まな板と包丁、食パンを置いた。

「わかりました」とひとつうなずいて、軽く手を洗ってから包丁を握る。

波刃のパン切り包丁より、よく研いだ刺身包丁のほうが、パンくずが出ずにうまく食パンを切ることができるというのも、ハルさんに教えてもらったことだ。

ハルさんは舞茸にオリーブオイルをかけたものをオーブンに入れて焼き始める。

「それにしても、『サラエボ事件』みたいな喧嘩やったねぇ」

聞いたことのあるような単語に手を止めて、斜め上を見上げながら考える。

サラエボ事件。確かそれは、第一次世界大戦のきっかけとなった事件だ。

「一九一四年にオーストリア＝ハンガリー帝国の皇太子夫妻が、サラエボを視察中にセルビア人青年によって暗殺された事件やね」

ハルさんが唐突に世界史の話をする時は、大方、現実と歴史がリンクする。

墺太くんの鈴虫が二匹、塞くんの手によって逃がされたこととつながるのかもしれない。ふと、オーストリアは日本語表記で『墺太利』、セルビアは『塞爾維』と書くことができるのを思い出した。

「サラエボ事件って、すごい偶然が重なり合ってんで。例えば、皇太子夫妻がサラエボに来たのも偶然で、たまたま十四回目の結婚記念日でドライブするのが目的だったと言われてるし」

「へえ」と目を丸くしながらうなずく。

さらにハルさん曰く、夫妻の乗った車がたまたま、セルビア人青年が昼食を取っている店の前を通った。しかも、その夫妻の乗った車の運転手がたまたま道を間違えてバックしているところだった。そんなふうに偶然が重なり、たまたま至近距離で銃を打つことができたのだとか。

「す、すごい。『たまたま』がここまで重なると、もはや奇跡というか、運命を感じますね」

「せやろ〜。だから歴史はおもしろいねんで」

　そう言ったハルさんは、さらに言葉を続けた。

「それにしても、サラエボ事件が起きてもうたし、世界大戦が始まりそうやねえ。塞くんの『露太郎兄ちゃんが味方におるし』って言葉も気になるなあ」

「露太朗兄ちゃん、というと確か……」

　あの大家族の子供たちの名前を未だにはっきりと覚えられていない私が言葉を濁していると、ハルさんは丁寧に教えてくれた。

「長男の伊織《いおり》くん、長女の蘭《らん》ちゃん、次男の露太朗くん、三男の独《どく》くん、次女の米子《まいこ》ちゃん、三女の英子《えいこ》ちゃん、四男の仏《ふつ》くん、そして末っ子の塞くんと墺太くん」

　やっぱり覚えられそうにない、と私は顔をひきつらせた。

　とにかく、露太朗くんは次男だったみたいだ。それで思い出したが、確か世渡夫妻が、大学生の長男以外はみな年子だと言っていた気がする。となると、逆算すれば露太朗くんは中学二年生だ。

　するとハルさんが、パチンと手を打って顔を上げた。

「これは、墺太くんは独くんを味方につけるかもしれへんなあ」

「え、ハルさん、わかるんですか？」

「第一次世界大戦で、オーストリアは同盟国であるドイツに救援を要請したんやで」

　ハルさんは鼻歌交じりに再び手を動かし始めた。できあがったグリル舞茸を私が切った食パンに挟んでいく。

他にも紫蘇《しそ》やクリームチーズなんかを挟んで、完成した舞茸ホットサンド。

「はい、おまちどさん」

オリーブオイルと少しの黒こしょうのみで味付けされた舞茸は、素材の味が生かされていて優しい味だ。和の素材の紫蘇と舞茸にはミスマッチのようにも思っていたクリームチーズも、意外にもよくマッチしている。

私はおいしさに目尻を下げた。

「さあ、午後も頑張るで」

「はい」

気合いを入れたハルさんの言葉に、ふたりでクスクスと笑い合った。


そして塽太くんと塞くんの喧嘩、もとい『第一次世渡家お家内大戦』(ハルさん命名)が動きを見せたのは、それから二日後の木曜日のことだった。

学校帰りにリスボンへ向かう途中、商店街の真ん中で青い顔をして佇《たたず》む大学生くらいの男性と、彼に「約束やで」と念を押すように言って走り去っていった、ランドセルを背負った小学校高学年くらいの女の子を見た。

男性の手からひらりとなにかが滑り落ちたが、それに気がつかずに佇んでいる。

自転車を道の端に止めて駆け寄り、風に飛ばされないうちにそれを拾い上げた。手のひらサイズの長方形の白い紙。ひっくり返して表を確認するなり「わっ」と声をあげてしまった。

その声にハッとした男性は、私を見るなり慌てたように「か、返して！」と手を伸ばした。

私は急いでそれを渡し、そっと目を伏せた。

「み、見た？」

恐る恐る尋ねてくる男性にゆっくりとうなずくと、彼は大きなため息をついて頭を抱える。

彼が落としたのはプリクラで、しかもそれはキスをしながらプリクラを撮るという、俗にいう〝チュープリ〟というやつだった。

「妹に、このプリクラのコピーとられてもうてん。最悪や、終わった」

深く息を吐き出した彼の顔をじっと見つめて……私は「あっ」と声をあげた。

「世渡家の、伊織さんですよね？」

「え、ああ……せやけど」

唐突に名前を口にされ、彼は戸惑ったように視線を泳がせながらもひとつうなずいた。

伊織さんは世渡家の長男で、現在は大学三回生だ。一度だけ伊織さんが大学から帰宅した時間と、私とハルさんが米を買いに行った時間がバッティングし、その時に顔をちらりと見たことがあったので気づくことができた。

「あなたは？」

「あ、リスボンで働いている、笠原 依です」

怪訝な顔をされて、慌てて自己紹介して頭を下げる。

納得したようにうなずいた伊織さん。

「あぁせや、ちょうどええわ！　依ちゃん、店までついてってもええかな？　ハルさんは問題解決のプロフェッショナルやし、なんとかなるかもしれん！　それとなく英子に言うてくれるかも！」

そう言って少し表情を明るくした伊織さんは、リスボンへ向かってスタスタと歩き始めた。

「ふふふ、英子ちゃんにそんなことされたん」

「笑い事ちゃうってハルさん！」

数分後、リスボンのカウンター席にて盛大にため息をこぼす伊織さんを、ハルさんはクスクスと笑った。

「土曜日に奐太と塞が喧嘩したみたいで、塞の味方やからか知らんけど、『これのコピーを家のある場所に隠した。塞の味方になってくれたら回収したるわ』って、実の兄を脅してんで、あいつは！」

「あ～、『未回収のイタリア』かぁ」

そうつぶやいたハルさんに、私と伊織さんは首をかしげる。

『未回収のイタリア』ってなんだろう。ハルさんのことだから、また世界史のことかな？　後で調べてみよう。

「なんでもない、こっちの話やから」とハルさん。

「あいつらの喧嘩に巻き込まれると、ろくなことがあらへん！　でもアレだけはなんとしても回収したいんや、ハルさん！　英子にそれとなく注意してくれへん⁉」

「アレ、てチュープリ？」

「やめて、その言葉を言わんといて！」

脱力してカウンターに突っ伏した伊織さんに、私は苦笑いを浮かべた。

英子ちゃんというと世渡家三女、小学五年生の女の子だ。大学生の兄を手玉に取る彼女に、少しだけ興味が湧いた。

「今、喧嘩の状況はどんな感じなん？」

「……塞の後ろには露太朗と仏、英子。奐太を支援してんのは、独と蘭や。他にもクラスの友達も巻き込んでるらしいけど」

「うわあ」

どういう意味の感嘆の声なのか、ハルさんは目を輝かせて拍手した。

伊織さんは「とにかくや！」とテーブルを叩いて立ち上がる。

「なんとかして、ハルさん！」

「せやねえ、時期が来たら」

「ホンマ⁉　頼むで！」

目を輝かせて安堵した様子の伊織さんは、勢いよくリスボンを出ていった。またこれから、家の中に隠されたプリクラを探すらしい。

「いやあ、ホンマにおもしろなってきたなあ」と独りごちるハルさん。

「ハルさん、本棚に置いてある本、読んでもいいですか？」

「ええよ～、人おらんし暇やし」

あっさり許可が下りたので、店内に置いてある本棚から『history《ヒストリー》 of《オブ》 the《ザ》 world《ワールド》（世界の歴史）』と書かれた本を手に取った。

一番後ろの用語索引から、『未回収のイタリア』を探し出して、お目当てのページを広げる。

【未回収のイタリアとは、イタリア王国が成立した後もオーストリア領として残され

続けた地域。特にイタリア人の多かったトリエステと南チロルを指す】

そのように説明されていた。

「南チロルに、トリエステ……」

「未回収のイタリアやね。ええ覚え方があるで。そのまんまやけど『鳥がエステでチロル食う』って覚えるねん」

「……そのまんまですね」

「やろ?」

そう言って、「ふふふ」と笑ったハルさん。

その時、カランとドアベルが鳴り、新たにお客さんが入ってきたため、私は慌てて本を閉じた。


「うわあ、真っ暗やなあ」

明日の仕込みが終わったハルさんは、タオルで手を拭きながら真っ暗になった窓の外を眺めていた。

十一月ももう後半で、夜がずいぶんと長くなってきている。

「そうですね」と相槌を打ちながらエプロンを脱ぎ、コートを羽織って帰り支度を整える。

「依ちゃん。今日から僕、依ちゃんのお家まで送っていくわ」

　くるりと振り返ってそう告げたハルさんに、私は目を瞬かせた。そして慌てて首を横に振る。

「だ、大丈夫ですよ。それに私、自転車ですし」

「油断大敵。自転車でも襲ってくる変な人はおるねんで。前から心配やってん。夜遅くに女の子ひとりで帰るなんて危ない、あかんで」

　普段とは打って変わって、いつになく真剣な瞳をしたハルさんに、断ることができなかった。

　壁にかけていたコートを羽織ったハルさんは、「ほな行こか」とドアを開けた。

　外に出た途端、冷たい風が身にしみて首を縮めた。もうそろそろマフラーが欲しい時期だなあ、と街灯を見上げながら考える。

　お店の裏に止めていた自転車の鍵を外してカラカラと押しながら戻ると、ハルさんがふにゃりと笑いながら近づいてくる。

「途中まで、徒歩な」

　ハルさんは、自転車のグリップを握る私の手から自転車をうばって代わりに押してくれるようだ。

「僕が押すで、自転車」

「ハルさん。ありがとうございます」

優しい気遣いに心がじんわり温まる。お礼を言い、自転車をハルさんに預けた。

「ん、どういたしまして」

柔らかく微笑んだハルさんが歩き始めたので、慌ててその後ろを追いかけた。

もうどこのお店もシャッターを下ろしてしまっていて、日が出ている時の賑やかさがない商店街をゆっくりと歩く。カラカラカラ、と自転車が鳴る音だけが静かな商店街に響いていた。

たわいもない会話をしながら商店街を抜けると、不意にハルさんが止まった。それから自転車にまたがって振り返り、ポンポンと荷台を軽く叩いた。

「はい、依ちゃん。乗って」

「え?」

目を瞬かせて、荷台とハルさんの顔を交互に見る。

「ほらほら、信号変わっちゃうで」

そう言って私の腕を軽く引っ張ったハルさん。その勢いにつられるように、私は自転車の荷台に座った。

「しっかりつかまっといてや」

のんびりとした声で指示を出すハルさんとは対照的に、私は心の中で『どこに⁉』

とパニックになっていた。

ど、どこにつかまればいいの。

男性慣れしていない私があわあわとひとり焦っていると、ハルさんが前を向いたまま私の腕をつかみ、そのまま自分の腰に巻きつけさせ、「よし、行こか」とゆっくり自転車のペダルをこぎ始める。

触れている手にハルさんのぬくもりが伝わってきて、なんだかくすぐったい気持ちになった。

「ええ月やねえ」

いつも通りの、のんびりとした声でハルさんがつぶやく。

「そうですね」と、近い距離に緊張しながら、震える声でなんとか相槌を打った。

頬を冷たい風が吹き抜ける。流れゆく景色を静かに見つめていると、初めてハルさんに出会った日、城北公園からお店に連れていかれた日のことを思い出した。

お母さんを失った悲しさに耐えきれずひとり泣いていたあの夜、ハルさんは私に手を差し伸べてくれた。あの夜のハルさんが作ってくれた料理は懐かしい味がして、思い出すのも辛かったお母さんとの思い出に優しい気持ちで向き合うことができたんだ。

そんなことを考えながら、心がじんわり温まっていくのを感じ、月を見上げて大きく息を吐いた。

「聞いてや、ハル兄ちゃん！」

翌日のリスボン。八百屋の瑠美子さんと果物屋の芳江さんが息抜きにとリスボンでミックスジュースを飲みにやってきた時、ランドセルを背負ったままの男の子がふたり、リスボンに飛び込んできた。

ひとりは塞くん、もうひとりの男の子は確か世渡家の四男坊の仏くんだ。

初めて会った時の印象は、とても冷静で落ち着いた性格の男の子に思えた塞くんが、今日は顔を赤くしてひどく怒っていた。

「あらまあ、またアンタら、兄妹総出で喧嘩か」

「またかいな」

瑠美子さんと芳江さんが呆《あき》れたように肩をすくめる。

「俺は悪ない！」

そう言って顔をしかめると、急に黙り込んでしまった塞くん。

代わりに仏くんが口を開いた。

「ハル兄ちゃん、ついに独は俺と塞のゲキリンに触れたんや」

「逆鱗《げきりん》て。難しい言葉知ってるねんなあ、仏くんは。それにしても、いったいなにがあったん」

瑠美子さんたちと一緒にミックスジュースを飲みながら休憩していたハルさんが尋

ねる。

「独が……独が、俺と塞が必死に集めたガシャポンの潜水艦シリーズのフィギュアを全部お風呂に沈めたんや！」

「おおー、これもまさしく『無制限潜水艦作戦』やなあ」

　またハルさんはよくわからない感嘆の声をあげて、ひとり楽しそうに笑う。

「もしかして、どっちにも味方してなかった米子ちゃんが味方になってくれたんとちゃう？」

　その質問に、少しだけ表情を明るくした塞くんが得意げにうなずいた。

　それを見たハルさんは顎に手を当てて首をひねる。「もうそろそろアカンなあ……」と静かにつぶやいた。

「あ、それと、母ちゃんからの伝言。カレーがちょこっとだけ余っててんねんけど、なにかリメイクする方法ありますかって」

「カレーかあ」とつぶやいたハルさんは少し思案して、パチンと手を叩き、なにかがひらめいたような顔で立ち上がった。

「よし決めた。塞くん、日曜日のお昼に余ったカレーを鍋ごと持って、みんなでリスボンにおいで。お昼ごはん作ったげるから」

「ホンマ！」

興奮する塞くんに、ハルさんは「ホンマホンマ。みんなにも言うといてな～」と微笑む。

「ハル兄ちゃんの料理や、やったあ！」とはしゃぐ塞くんと仏くんは、駆け足で店を飛び出した。

そんな後ろ姿を瑠美子さんたちは、相変わらず呆れた表情で見送った。

「ハルちゃん、ハルちゃん！」

芳江さんが身を乗り出してハルさんを呼ぶ。

「家も今日カレーするから、余ったの持ってきてもええ？」

「ええよ～」

「ほな家も今日はカレーにするわ！」

瑠美子さんもノリノリでそう宣言すると、早速食材を買いに行くのか、芳江さんとリスボンをそそくさと立ち去った。

「ほな、日曜日のお昼からは貸切にしなあかんなあ」

楽しそうに鼻歌交じりで言いながら、ハルさんはカウンターのコップを片付け始めた。

そしてその日の夕方、商店街の至るところからカレーの匂いが漂ってきたのは言うまでもない。

約束の日曜日は、朝からよく晴れた小春日和だった。

コートに顔を埋めながら自転車で冷たい風を切り、リスボンへ向かう。朝の仕入れや準備で忙しい商店街を通り抜け、寒さに首を縮めながらお店の中へ入った。

「おはようございます……あれ？」

普段の休日なら、商店街の人たちが朝ごはんを食べに来ているはずが、店内はがらんとしていて誰ひとりいない。しかも、ハルさんまで。

だけど、いつもハルさんが壁にかけているコートはそこにある。私は不思議に思いながら事務室兼倉庫でコートを脱いでエプロンをつけた。

どこに行ったんだろう、みんな。

不安になりつつも、お客さんがいない今のうちに掃除をしてしまおうと、テーブルを拭くために台ふきんを手に取り、厨房の一番手前にある流し台へ向かう。

すると、冷蔵庫の一番下の戸が開きっぱなしになっていることに気がつき、そばに歩み寄った。そして閉めようと手をかけた、その時。

「あ、依ちゃん。おはよう」

「ひぃぃっ！」

ハルさんが冷蔵庫の扉の陰からひょこっと顔を出したので、私は声にならない悲鳴をあげて仰け反ってしまう。

「おっと危ない」

そのまま尻餅をつきそうになったところを、ハルさんがすんでのところで私の腕をつかみ支えてくれた。

「は、ハルさん。いたんですか！」

「驚かせてごめんなあ」

ビックリした、と目を丸くする。いつもハルさんの行動は予測不可能だから困る。

「うん。新しいメニューを考えるのに集中してたから、依ちゃんのこと気がつかんかったみたい」

そう言ってハルさんはいつもと変わらずのほほんと笑った。

「今日は瑠美子さんたち来《け》えへんみたいやで。なんでも、お昼ごはん食べる分のお腹をしっかり空けときたいらしいねん。嬉しいなあ、料理人としては」

冷蔵庫を閉めたハルさんが、なにかに気づいたように私に視線を戻す。

「依ちゃん、なんか変わったな」

唐突にそう言われて「え？」と首をかしげれば、ハルさんは続けた。

「なんか、表情が豊かになったというか。雰囲気が柔らかくなったというか」

そう言えば先週、単身赴任先から帰ってきたお父さんにも『なんだか雰囲気が変わったな。も、もしかして彼氏でもできたのか？』と、問い詰められた。その時は恥ずかしさを誤魔化すように怖い顔をして「そんなことない！」と言い返したが、ハルさんも同じことを言うくらいだ。傍《はた》から見て、やっぱり私は変わったんだろうか。

「最近、ええ顔するようになったなあと思って。なにか特別なことでもあったん？」

「そんなことは、ないと思います」

ハルさんは「じゃあなんでやろうな」と不思議そうな表情をする。首をひねって考える中で、ひとつ思い当たる節があって「あ」と声を漏らした。

「私が変わったんだとしたら、ハルさんのおかげです」

「僕？」

人差し指で自分自身をゆびさして目を瞬かせたハルさんに、大きく頷いた。

「この店で働き始めてから、賑やかな商店街の皆さんと一緒にいると、悲しいことも嫌なことも忘れるくらい楽しいし、ハルさんといるとなんだか穏やかな気持ちでいられるんです」

「そっか」と目尻を下げたハルさんは、「そういやトモも同じこと言うとったなあ」とこぼす。

秋祭りの時から、ハルさんは度々とても近しい人を呼ぶようにその名前をつぶやくようになった。

『トモさん』について尋ねようとしたけれど、すでにハルさんは冷蔵庫の前にしゃがみ込んで熟考していたため、私も先に掃除を終わらせることにした。

リスボンの客入りが多くなる昼前、十一時頃には【貸し切り】の看板を表のドアノブにぶら下げた。そして続々とカレーの入った大鍋を持って集まってくる商店街の人たちに、ハルさんは嬉しそうに「いらっしゃい」と声をかけている。

「ハルちゃん！　春巻きと餃子《ぎょうざ》の皮も微妙に余ってんけど、使うてなにか作れる？」

「うん、作れるで。ほなもらうわな～」

「ハル！　和菓子の差し入れや！　冷蔵庫に入れとけ！」

「ありがとう～」

あっという間に人でごった返してきたリスボンに、最後にやってきたのは世渡家の九人兄妹だった。

全員がお互いに一定の間隔を空けて、仏頂面で中に入ってくる。

「依ちゃん、はいこれ」

「ありがとう、塞くん。ハルさんに渡すね」

少しだけ残ったカレーが入った鍋を塞くんから受け取ると、厨房に立つハルさんに手渡した。

「依ちゃん、ちょっと手伝ってくれる？　中入ってきて」

私は「はい」と返事をし、下ろしていた髪を高い位置でひとつにまとめ上げて手を洗うと、ハルさんの横に立った。

「今日のメニューを発表します」

店内の全員に聞こえるような大きな声で言ったハルさんに、「おお」と歓声が湧く。

「たった今、春巻きと餃子の皮をもろうたので、それを使ったカレー春巻きとカレー餃子。さらに、カレーパン、ピザカレー、カレードリア、焼きカレーうどんでどないでしょう」

「カレーしかないな」

不満げにつぶやいたタツオさんに、「カレーしか持ってけえへんかったん、うちやん！」とすかさず瑠美子さんのツッコミが入って、みんながどっと笑う。

「ほんなら、手の空いてる人たちでお店のテーブルとか自由に動かして、レイアウト変えてなあ。よし、始めよか」

そのひとことで、皆が一斉に動き始めた。

「熱っ……」

春巻きを揚げていた油がバチッと勢いよく飛んできて頬に当たり、反射的に顔を背ける。

顔をしかめて、ジンジンと痛み始めた頬をさすっていると、突然横からその腕をつかまれた。

「ホンマに危なっかしいなあ」

ハルさんが私の顔をのぞき込みながら、ひんやりと冷たいタオルを頬に当ててくれる。

「昔から料理やらすとコレやもんな、トモは。料理って、そんなしょっちゅうケガするもんとちゃうのになあ」

クスクスと笑いながら言うハルさんに、私はきゅっと口を真一文字に結んだ。

まただ。またハルさんは、私を通して違う人を見ている。料理ですぐにケガしてしまう、私ではない誰かを。

「できた料理、運んでいこか、トモ」

ハルさんが、いつも通りの優しげな笑顔を私に向ける。

私はその名前で呼ばれたことに困惑し、一気に悲しさが押し寄せてくる。言い表しようのない感情が胸に渦巻き、ハルさんから顔を背け、逃げるように厨房を飛び出した。

「はい、おまちどさん」

だけど何事もなかったかのように、世渡兄妹が座るテーブルに次々とお皿を運ぶハルさん。カレーの香ばしい匂いが店内に広がる。

「わあ」と皆が目を輝かせる。

「皆、食べる前にはきちんと手を合わせて『いただきます』やで。食材になってくれはった生き物への感謝だけでなくて、料理を作ってくれた人の生きる時間ももろうてるわけやから、きちんと感謝しよな。生き物の命をもらってるんや、だから時間は大事にせな。喧嘩してるなんて、時間がもったいないで」

ふにゃりと笑ってハルさんがそう言えば、塞くんたちはお互いに気まずそうに顔を見合わせる。

「僕のカレー春巻きは特別なんやで」

だけど続いたハルさんの言葉に、皆は目を瞬かせた。

「特別って、なにが?」

塞くんが尋ねると、ハルさんは柔らかく微笑む。

「みんなが『ごめんね』って素直に口にできるように、『ごめんね』を包んどいてん。だから食べたら自然と出てくるはずやで」

ふふ、と頬を緩めるハルさん。

皆はおずおずとカレー春巻きに箸を伸ばした。モグモグと咀嚼しながら、お互いになにか言いたげな表情で気まずそうに目を合わす。

そして、最初に口を開いたのは独くんだった。

「潜水艦、ごめん」

それを皮切りに、皆がぽつりぽつりと謝り出す。

「俺も、筆箱に入ってた鉛筆の芯を全部ボキボキに折ってごめん」

「靴の中敷、ぐしょぐしょに濡《ぬ》らしてごめん」

「パンツの裏表、わざと全部ひっくり返して畳んでごめん」

各々に謝り始めた世渡兄妹。

なんて陰湿な嫌がらせなんだ、と思わず顔を引きつらせた。

「伊織兄ちゃん、元カノとのチュープリ、今の彼女に渡してごめん」

「もうええよ……て、おい待て。今なんて言うた？　英子お前、あいつにアレ渡したんか！　話がちゃうやんけ、おい！」

箸をテーブルに叩きつけて勢いよく立ち上がった伊織さん。

「伊織兄ちゃん、うるさいで」

「お前が言うな、それ！」

「まあまあ」

英子ちゃんと伊織さんの間に入ったハルさんは、楽しげに笑いながら伊織さんをなだめて席に座らせた。

「ハル兄ちゃん、他のも食べてぇえ？」

まだ怒っている伊織さんを無視して、英子ちゃんがハルさんに尋ねた。

「はいどうぞ、召し上がれ。仲よくなあ」

今度はお行儀よく「いただきます！」と元気よく手を合わせると、皆は早速、他の料理にも箸を伸ばし始めた。

いろんなところから、商店街の人たちの「おいしい！」と嬉しそうにはしゃぐ声が聞こえる。

カレーパーティーは和やかな雰囲気で進み、皆が楽しげに語らう声が店内に響く。

私はそんな輪から外れて、ひとりカウンター席に座って、ハルさんが作ったカレードリアを食べた。

残り物のカレーなのに、ハルさんの料理はやっぱり温かくて、懐かしくて、おいしくて、涙がこぼれ落ちそうなほど優しい味がして……カウンターのテーブルにぽたりと涙がひと粒落ちた。

ハルさんがなにを考えているのかわからない。トモさんはいったい誰なんだろう。

ハルさんの目が私ではなく他の人を見ているのを感じるたび、苦しさと切なさで胸がぎゅうっと痛む。

初めて感じたこの苦しい気持ちは、いったいなんという名前がつくのだろうか……。

オレンジ色の光がアーケード街を照らす夕方。後片付けが一段落ついた私たちは、お客さんがいないのをいいことに、ハルさんの淹《い》れたカフェモカを飲みながらひと息ついていた。

両手で持っていたマグカップに視線を落とせば、ほどいた髪がサラリと顔にかかった。

マグカップをテーブルの上に置き、黙々と計算機を叩きながら帳簿をつけているハルさんに思い切って声をかけた。

「ハルさん」

驚くほど弱々しい声が出た。

「んー？」

ペンを走らせながら返事をするハルさん。

私は一度深く息を吐いて、声が震えないように口を開いた。

「トモさんって、誰ですか」

その瞬間、ハルさんの肩がびくりと動いて手が止まった。それからゆっくりと顔をこちらに向ける。

ハルさんは微笑んでいた。少なくとも、私が想像していたのとは正反対の、柔らかく優しい表情で。

「そっか、依ちゃんには言うてなかったもんな」

手にしていたペンをテーブルの上に置いて、ハルさんは体ごと私に向き合った。

「朋《とも》は、僕の幼馴染。高校一年生の時に、病気で死んでん」

予想もしていなかった事実にハッと息を呑《の》む。ドクン、と鼓動が大きく打った。

「心臓が弱くて、小さい頃から入退院を繰り返しててん。朋が元気な時は、ふたりでこの店を手伝ったり。お父さんが死んだ時も、朋が励ましてくれた。朋のおかげで立ち直れたし、おじいちゃんとお父さんが残してくれたこの店も再開することができてん」

昔を懐かしむように目を細めたハルさん。

私はハルさんがリスボンのコンセプト『残り物には福がある』を教えてくれた時のことを思い出した。

『頼れる人がおらんくて『これからどないしよ』って時に、ある人が晩ごはんの残り物をおすそ分けしてくれてん』

あの時、ハルさんはそう言っていた。きっと、ハルさんが苦しんでいた時に残り物を持ってきた『ある人』は、朋さんだったんだ。

朋さんにとってハルさんは一番つらい時に寄り添って励ますほど大切な存在であり、ハルさんにとって朋さんは苦しんでいる時に無条件で頼れるほど心を許している存在だったんだとわかると同時に、胸が締めつけられる。

「元気で底抜けに明るい性格で、食い意地汚くて。依ちゃんにすごく似てる。髪の毛くくってたら、ハッとするくらい」

ゆっくりとした口調でそう言った。

私はまた胸がズキンと痛み、そっと手を当てる。

「ハルさんは朋さんと私を重ねています。でも、私は朋さんじゃない。私、ハルさんが朋さんと私を重ねて接してくるたび……」

鼻の奥がツンとして、目頭が熱くなった。湿った声になって、最後まで言えずに語尾が消えてしまった。

なぜか、ハルさんはとても驚いた顔をした。

「僕、依ちゃんにそんなことしてたん……?」

そっか。無意識で朋さんと間違うほど、ハルさんは朋さんのことを強く想っていたんだ……。

いつも穏やかに笑うハルさんが初めて見せた苦しげな表情が、ぼやけた視界の先でもはっきりとわかった。

「ごめん、依ちゃん。なんとなく気づいてたのに。依ちゃんに声をかけたあの夜から、いつかこの子――依ちゃんを傷つけることになるかもしれへんって。ごめん、依ちゃん。傷つけてごめん。苦しめてごめん。依ちゃんは、依ちゃんやのに……」

何度も謝りながら、ハルさんが私に向かって手を伸ばす。しかしその手は、私の目から涙がこぼれたことによって、戸惑うように宙で止まった。

「朋さんに似ていたから、バイトに誘ってくれたんですか？」

そう尋ねれば、ハルさんは「それはちゃう！」と大きな声ではっきりと否定した。

嬉しかった。ウソでもすぐにそう答えてくれたことが。ちょっとでもいいから、朋さんの代わりにここにいるのだと思わずに済む証拠が欲しかったのだと思う。

おかげで、少しだけ微笑みを浮かべることができた。

「だったら、今は無理でも、いつかちゃんと私を見てほしいです」

その瞬間、ハルさんが泣きそうな顔をした。そして両手を伸ばして、私を優しく抱きしめる。

どうしようもなく胸が苦しくて痛かった。大切な人を失った気持ちは私も痛いほどよくわかる。

でも、ハルさんが私を通して朋さんを見るたびに悲しくてつらくて、泣きそうになる。気を緩めた瞬間、絶対に涙が出てしまう。そうなれば、ハルさんをもっと困らせてしまう。

腕の力が緩んで、彼の胸の中から離れる。

だからハルさんと目が合った時、私は笑った。今まで生きてきた中で、最大級の強がりだった。

ハルさんはまだ朋さんを想っている。いなくなってしまった今も。ああ……きっと朋さんにはかなわない。

それを実感すればするほど、胸が締めつけられるけれど、今の今まで朋さんのことをひきずっているハルさんは、彼女の死から立ち直れず、私の胸の痛み以上に苦しんできたのだろう。そして私は、やはりそんなハルさんは見たくない、と思った。

公園のブランコに座って泣いていたあの日、ハルさんが私にしてくれたように、私もハルさんになにかしてあげたいと思った。

熱くなる目頭を気のせいだとぬぐってハルさんに微笑みかけるけれども、やはり熱いものが頬を伝った。

レシピ5

ごめんね包みのカレー春巻き 福

材料（3本分）

- 残りもののカレー……200g
- 食パン………………1/2枚
- 春巻きの皮…………3枚
- とろけるチーズ……3枚
- 油……………………適量

作りかた

1. 食パンを小さくちぎる
2. カレーに食パンを入れ混ぜる
3. 春巻きの皮にとろけるチーズをしき、カレーと一緒に包む
4. きつね色になるまで油で揚げたら、完成

第五章　人をつなぐ、そうめんドーナツ

「依ちゃん、こっちこっち」

翌日の放課後。千林駅を出てすぐのところに立っていた毬江さんが、商店街の中に入ってきた私に気がついたのか、大きく手を振って名前を呼ぶ。どうやら私を待ってい
たらしい。

「こんにちは、毬江さん。どうしたんですか」

自転車を押しながら小走りで近寄った。

「依ちゃん、今からリスボン行くんやろ」

「はい」

私がひとつうなずけば、毬江さんは私の自転車のグリップを強引に奪うと、颯爽と歩き出す。

「えらい。えらいわ、依ちゃん。昨日あんなこと言われたのに、リスボン行こうと思えるなんて」

だけど私をほめながらも、顔はとても怒っている。

そんな様子に、結弦さんと喧嘩でもしたのだろうかと首をかしげる。そこでハッと気づいた。『昨日あんなこと言われたのに』ということは、毬江さんは昨日のことを知っているんだ。

私は困惑しながらも、慌ててその背中を追いかける。

「今日はストライキや、依ちゃん」

怖い顔で「ふん」と鼻を鳴らした毬江さんに、私は眉根を寄せて「どういうことですか？」と尋ねるも、その答えが返ってくることはない。さらに、リスボンの前を通り過ぎてしまう。

「え、毬江さん⁉」

私は店の前で足を止め、毬江さんの顔とリスボンのドアを困惑気味に交互に見た。

「ハルちゃんに許可とったから、依ちゃんは今日は休むんや！」

そう宣言した毬江さんは、ずんずんと進んでいく。

私はドアの小さな窓ガラスから、店内をうかがった。

カウンター席にふたりの男性が腰かけている。結弦さんと、ハルさんだった。

毬江さんが選んで入ったお店は、高校の友達がよく放課後に訪れているワッフルのおいしいお店だ。路地裏にあって、隠れ家のような雰囲気を漂わせる外装がかわいらしい。

出されたお冷を一気飲みした毬江さんは、コップをダン！とテーブルに叩きつけるなり「ごめんな」と泣きそうな顔で謝ってきた。

いろいろと頭の整理が追いつかず困惑していると、毬江さんは神妙な顔つきで口を開いた。

「……ハルちゃんから聞いた。朋ちゃんのことで、依ちゃんを傷つけたって」

「あ」と声を漏らす。昨晩のことが鮮明に脳内で再生され、思わず涙腺が緩む。

「好きな人にあんなことされて、つらいに決まってる」

自分のことのように悲しい顔をした毬江さん。

「……ちょっと待ってください。好き？」

「え、依ちゃん、ハルちゃんのこと好きなんちゃうん？」

毬江さんに聞き返されて、言葉に詰まった。

私が、ハルさんのことを……好き？

「だって、ハルちゃんのこと好きやから、つらかったんやろ」

そう言われて、うつむくようにお冷のコップに視線を落とす。

「……あの、わからないんです。今の私の感情が。確かに、朋さんに間違われたことは少し悲しかったです。でも、ハルさんもすごく傷ついてて……。そんなハルさんを見たくないと思ったんです。だから私は、ハルさんが少しでも笑っていてくれるなら、それで立ち直れるなら、いつか気持ちが整理できるまで、しばらくは朋さんの代わりでもいいかなって……」

「それは違うで、依ちゃん」

私の言葉を否定した毬江さんは、真剣な表情で続ける。

「依ちゃんはいろんなことを我慢しすぎや。傷ついた悲しみを我慢するのは、全部ハルちゃんのためになってるやん。依ちゃんのためにはなってない。それに、依ちゃんは依ちゃんや。無理してまで、朋ちゃんの代わりにならんでもええ。もしハルちゃんが間違えてきたら、ハリセンで『私は依や！　目ぇ覚ましアホ！』ってどついたり」

そうおどけたように笑う毬江さんにつられて、私もクスクスと笑みがこぼれた。

「うちは依ちゃんの味方やし、『ハルちゃんのアホたれ！』って思ってるけど……でもハルちゃんな、すっごい後悔してたで」

目を細めて小さく微笑んだ毬江さんに、私は驚きで目を見開いた。

ハルさんが、後悔していた……？

「そして今、結弦くんにお説教されてるところ」

ふふふ、と悪戯な笑みを浮かべた毬江さんに、私は目を瞬かせた。

その時、テーブルの上に置いていた毬江さんのスマートフォンの画面に【結弦くん】の文字が表示された。

「あ、噂をすれば。出てもええ？」

「あ、はい」

毬江さんは私に断りを入れると、通話ボタンをタップした。

それからひとことふたこと交わして電話を切ると、「そろそろ出よか」とどこか急いでいる様子で立ち上がった。

「今日は私のおごりな。先に外行っといて」と片目をつむってウィンクした毬江さんに頭を下げて、先に店を出るなり……私は目を丸くした。

「ハ、ハルさん……」

肩で息をするハルさんがそこに立っていた。

驚きと、そして少しの気まずさに、一度合った視線を反らす。

あとから店を出てきた毬江さんの顔を見れば、『ごめんな』と口だけを動かし肩をすくめていた。

「依ちゃん」

ハルさんが私の名前を呼んで、私は思わずびくりと肩を震わせた。私のそばまで歩み寄り、私の手を握った。

「ごめん」

今にも泣き出しそうな表情でうつむくハルさんは弱々しい声を出した。

私の手を握るハルさんの手が小さく震えていることに気がつき、私は目を見開いた。

「多分、今なにを言うても信じてもらわれへんのやと思うけど、僕が依ちゃんを店に誘ったあの晩の翌日、僕が依ちゃんに言うた言葉はウソやない。あの日働かへんかって誘ったのは、朋と依ちゃんを重ねてたわけでもない」

あの日のハルさんの言葉が脳裏に浮かんでいく。

『でも、見つけた』

『温かい心を持った優しい子』

『君に頼みたい』

しっかりと私の目を見てくれたハルさん。

今も、その時と同じ。私にまっすぐな視線を向けるハルさんの曇りのない瞳は、ちゃんと〝私〟を捉えている。

そのことに気づいて、きゅうっと喉がしまっていくような感覚と共に、目頭が熱くなる。

「ごめん、依ちゃん。ひどいことしてごめん。結弦くんに怒られて、自分でもいっぱい考えて、ほんで『依ちゃんは僕とおったらまた傷つくんちゃうか』って。でもな、いっぱい考えても、やっぱり僕は依ちゃんと働きたい。依ちゃんのこと、ちゃんと見たいと思うてん。だから、自分勝手なこと言うてるのはわかってるねんけど、リスボン辞めんといて」

必死に、だけどひとつひとつ言葉を慎重に選んで話すハルさんに、私の胸がジンとする。

「あの、ひとつ聞いていいですか。……私、辞めるなんて言いました？」

昨日はかなり心が不安定だったし、もしかしたら私に記憶がないだけで、勢いでそう宣言してしまったのかもしれない。

そう思いハルさんに尋ねれば、ハルさんは「え？」と目を瞬かせた。

「結弦兄と毬江ちゃんから、依ちゃんはリスボンを辞めるって聞いたんやけど……」

「そうやろ？」と確認するように毬江さんの顔を見たハルさんに、毬江さんはにっこりと微笑んだ。

「ごめんなあ、ウソやねん」

ぽかんと口を開けて固まっているハルさんに、毬江さんは手を合わせてもう一度謝る。

「まあ弟分と妹分を心配してついたウソやから、許したって」

肩をすくめた毬江さんに、ハルさんは目を見開いたまま固まって、そして少し恥ずかしそうに私を見た。

その優しげな瞳に、私は目頭が熱くなるのを感じながら微笑み返す。あふれそうになる涙をこらえて、

「明日からも、よろしくお願いします」

私が頭を下げると、ハルさんは瞳を潤ませて、嬉しそうに何度もうんうんとうなず

いてくれた。

十二月に入った平日の夕方。

「お酒の暴飲抑制ポスター？」

「そうそう。商店街の会議で、みんなで作ろうって話になって」

珍しく仕込みを後回しにしてカウンターに向かい、白い紙にスラスラとペンを滑らすハルさん。

その背中越しに手元をのぞき見る。

「えっと……若者よ、アレクサンドロス大王には決してなるな？」

キャッチコピーだろうか、デカデカと書かれている文字を読み上げれば、ハルさんは満足げにふふふと笑った。

アレクサンドロス大王というと、一学期頃に世界史で習った。確か、『サイは投げられた』の言葉で有名なユリウス・カエサルや、ナポレオン一世などからも英雄視されていた王様だったと思う。

「哲学者として有名なアリストテレスが彼の家庭教師をしてたっていうのもよく知られてるな」

すかさずスラスラと説明してくれたハルさんにひとつうなずいた。

「それで、どうしてアレクサンドロス大王にはなるな、なんですか?」

「この人、酔っぱらってドブにはまって死なはったんやで」

え?と目を瞬かせると、「諸説ありやけどな」とハルさんはふにゃりとした笑顔で付け足した。

「というか、そもそもわかりづらいですよ、それ!」

鉛筆で下書きをしたそのキャッチコピーをペンでなぞろうとし始めたハルさんを慌てて止める。

「えー、そうかなあ」

腕を組んで首をひねるハルさんに、思わずため息をこぼした。

「『暴飲暴食ダメ、ゼッタイ』じゃダメなんですか」

「あ、それええねえ。採用採用」

ぐっと親指を立てて「ありがとう依ちゃん」と笑みを浮かべるハルさんに、今日で何度目かの苦笑いを返した。

その時ふと、ステンドグラスの窓からこちらをのぞく人影があった。私が視線を向けると、すっと下に引っ込んでしまう。

よく見ると、他の窓にも怪しげな黒い影がある。

「ハルさん、なんでしょうか、あれ」

「え？」

私が指さした方向をバッと振り返ったハルさん。

その瞬間、窓の外から「うわっ」と慌てた声が聞こえた。

よく知っている声に、すっと目を細めて目を凝らした。

「モグラ叩きみたい。僕昔、百円でツープレイできるモグラ叩きのゲームで一番とったことあんねん」

「……そうなんですか」

相変わらず我が道をゆくハルさんに呆れ気味に相槌を打つ。

「瑠美子さんたちやろ、入ってきいや〜」

ハルさんの声は窓の外の人たちにも届いたのか、影から、瑠美子さんを筆頭とする商店街のいつものメンバーが姿を現した。気まずそうに店内へ入ってくる。

「いやあ、ハルちゃんが依ちゃん怒らせたって聞いたから。仲直りしたんかなあて」

「そうやで、ハルちゃん！　女の子泣かすなんてありえへん！」

「はよ謝れ、ハル。金と女の問題はちゃちゃっと解決すんのがええ」

「ちょっとアンタ、それどういうこと！　また博打してんのとちゃうやろな⁉」

十人以上も押しかけてきた店内は一気に騒がしくなり、いったいなにをしに来たのやらと、私とハルさんは顔を見合わせてクスクスと口元をほころばせた。

ている。

「なんやねん、仲直りしてんのかい」

誰かがつまらなさそうにつぶやいたのを聞いて、他の人たちもうんうんとうなずいている。

あまりにも正直な反応だったので、呆れを通り越して笑えてくる。

「僕、結弦兄と毬江ちゃんにしか相談してないねんけど、なんでみんな知ってるん」

首をかしげたハルさんに、瑠美子さんはなんともないような表情で答えた。

「そんなんなあ。こんな狭い界隈《かいわい》におるねんから、壁なんてあらへんのも同然やで」

「そうそう。決してのぞいてたわけでもないし、おもしろがってたわけでもない」

瑠美子さんに続くように芳江さんがけろりとした顔で言う。

私は呆気にとられたように口をぽかんと開けていたが、次第におかしさが込み上げてきて、ついに大笑いしてしまった。

「なーんや、せっかく茶化そうと……依ちゃんの慰め会しようと思って肉じゃが持ってきたのに」

「うちは春巻き」

「うちはお赤飯持ってきたで」

続々とテーブルにタッパーやお皿を広げていくみんな。

「ハルちゃん、お皿とお箸！」と瑠美子さんが叫ぶ。

「もう、ホンマに皆、なにしに来たんよ～」

そう言いつつも嬉しそうに頬を緩めるハルさん。

「さあ座って座って」と、瑠美子さんに肩を押されて私も席につくと、あっという間にお皿にいろんな食べ物が盛り付けられていく。

「ほな、『依ちゃんを慰めて、依ちゃんを泣かせたハルちゃんをとことん追い詰める会』を始めるでー」

「ええ、ちょっと待ってや」

ハルさんが唇を尖らせて不満を口にようとしたけれど、皆が「かんぱーい！」と叫ぶ声とグラスをぶつける音でその声はかき消されてしまった。

「乾杯て、僕を追い詰めるのに乾杯するなんて」

「ハルちゃんの好きな焼き茄子あんで」

すかさず瑠美子さんが焼き茄子の入ったタッパーを見せると、ハルさんは「やったぁ」と目を輝かせて、瑠美子さんの隣にお行儀よく座った。

ワイワイと宴会モードに入った賑やかな店内。まるで悲しいことを吹き飛ばすかのような勢いのどんちゃん騒ぎに、彼らは本当に私を慰めるために集まってくれたんだろうと思った。皆の優しい心遣いに胸が熱くなる。

「そういや、雨《あめ》さんとこのお豆腐屋さんの……あれや、あの人、誰や名前が出てこえへん」

肉じゃがを頬張りながらトントンとこめかみを軽く叩く瑠美子さん。

隣に座っていた金物屋の明代さんが「神代《かみしろ》さんやろ」と口を出せば、周りの人も「あの人嫌いやわ」と愚痴をこぼす。

神代さんというと、豆腐屋を営む生名《いきな》雨さんと妻の寧々子《ねねこ》さんの元で働いている五十代の男性だ。

「神代さん、どうも〝アカン遊び〟をしてるみたいやねんって」

瑠美子さんがそう言えば、皆が「なにそれ、なにそれ！」と目を輝かせた。

どの年代の女性もゴシップ話は大好きだけれど、この駅前商店街に店を構えるおばさんたちは磨きがかかったゴシップ好きだ。

「お店のお金を勝手に使って、競馬したりしてるって聞いてん」

「ひゃー、嫌やわ。お店のお金使われるなんて」

「雨さんは知ってんの、それ？」

「話したところで信じてもらわれへんやろ。あの雨さんやで」

せやなあ、あの雨さんやもんな、と周りの皆もそれで納得している。

そばで聞いていた私も小さくうなずいてしまった。

雨さんをうまく言い表す言葉がないけれど、あえて表現するなら……〝王様〟だろうか。それも、権力を振りかざし悪政をするタイプではなく、正義感あふれる頼れるリーダーだ。曲がったことが嫌いで、ハルさん曰く、よく商店街の会議でも青少年の非行問題を取り上げて話し合いをしようと持ちかけているらしい。

商店街で問題が起これば、止めるのはハルさん、説諭役は雨さんと、暗黙の了解となっている。

そんな雨さんだからこそ、従業員のことはとても信頼しているに違いない。留美子さんたちがちょっとやそっと忠告したくらいじゃ、聞いてはもらえないだろう。

「神代さんが悪い人たちとつるんでるの、うちの友達の旦那さんの妹のボーイフレンドの親友が見たって言うてた！」

「それ、まるっきり赤の他人やん！」

瑠美子さんへの芳江さんの鋭いツッコミにどっと笑いが起こる。

「なにも起こらんとええねんけどなあ」

ハルさんが小さくつぶやいていたのが聞こえた。

その日の帰り道、商店街の出口までハルさんと共に歩いていた時のことだった。

「おう！　陽斗か！」

久しぶりに、ハルさんのあだ名ではなく本名を呼ぶ野太い声が聞こえたかと思うと、角からどっぷりと太った男性、神代さんが現れた。

「こんばんはぁ、神代さん」

「相変わらずフワフワしとんなあ！」

ハッハッハ、と大声で笑う神代さんはハルさんの肩に手を回した。

その勢いで、ハルさんが押してくれていた私の自転車がハルさんの手から離れる。

傾く自転車を慌てて押さえれば、私の存在に気がついた神代さんが目を弓なりに細めて嫌な笑みを浮かべた。

「リスボンの依ちゃん、こんばんは」

「……こんにちは」

神代さんの舐め回すような視線に、背筋がぞわっとした。

「相変わらず、クールビューティやなあ」

断じてクールビューティを気取っているわけではない。

「ほな神代さん、依ちゃん送るし、遅なったらあかんから」

そう言って神代さんの腕からするりと抜けたハルさんは、私から自転車を受け取るとスタスタと歩き始めた。

神代さんの強い視線を背中に感じながら、私も振り返ることなく足を進めた。

すると商店街を出たところで、ハルさんが突然、真剣な表情で詰め寄ってきた。

「依ちゃん、神代さんにはひとりで近づかない、話しかけない、ついていかない。約束して。神代さんにはひとりで近づかない、話しかけない、ついていかない、はい繰り返して」

「近づかない、話しかけない、ついていかない……？」

怪訝な顔で繰り返せば、ハルさんは安心したようにほっと息をついて自転車に乗り、いつものようにポンポンと荷台を軽く叩いて私に座るように促した。

というか、そもそも私は神代さんのことが苦手だし、自ら近づいて話しかけてついていこうとはしないだろう。

そのままハルさんに告げると、「絶対やで」と念を押された。

「依ちゃーん、お買い物行こ」

そして数日が経った休日のリスボン。

私が初めてここへ来た時以来、まったく掃除されていなかった事務室兼倉庫の片付けをしていれば、ハルさんがドアからひょこっと顔を出した。

倉庫の端に置いてある、誰が買ってきたのかわからないトーテムポール型の置時計を見上げれば、昼休憩まであと十五分あった。

お客さんがいないので、今日は早めに閉めるらしい。

「わかりました」

ひとつうなずいて、エプロンの蝶々結びをほどいた。

外に出て、吹き抜ける冷たい風に身を縮めながら、ハルさんの隣に並んで歩き出す。

なぜかハルさんはその手にお鍋を持っていた。

どうしてお鍋を持っているのだろう？と首をかしげる。

「なにを買いに行くんですか？」

「お豆腐」

「え」

脳裏にどっぷりと太った神代さんの姿が浮かんで、振り払うように首を振る。

露骨に眉をひそめた私に、ハルさんはクスクスと笑った。

「依ちゃんのそういう素直なところ好きやわぁ。意外とつんつんな性格も」

一気に頬が熱くなる。

「なっ……ハルさん、どうしたんですか」

照れ隠しだとバレバレだろうな、なんて自分でも思いながらそんな質問をするも、
ハルさんは相変わらずいつもの気の抜けた笑みを浮かべるだけだった。

「まあ、僕だってひとりで行きたないもん」

私の質問に答えることなくハルさんは言うと、手に持っていた鍋の取っ手部分を両

手で持ち、くるりと一回転させた。

　留美子さんの八百屋の隣にある雨さんのお豆腐屋さんは、そのおいしさと雨さんの信頼のおける人柄で、この辺りではけっこう人気でよく売れている。商店街の人たちはこうして各々がお鍋を持ってきて、その中に豆腐を入れてもらうのだとか。

「お、依ちゃんに陽斗！　いらっしゃい」

　店頭に出ていた神代さんが、いち早く私たちに気がついて、手を振りながら近寄ってきた。

「今日も寒いなあ、依ちゃん！」

「あ、はい……そうですね」

　ハルさんとの約束もあるし、私自身神代さんに苦手意識があるので、なるべく関わらないように短めに返事をした。

「今日の依ちゃんも、クールビューティやなあ」

　そう言って目を弓なりに細めて笑う神代さんに、背筋がぞくりとした。

「神代さん、お豆腐」

　ハルさんは持っていたお鍋を神代さんの顔の前に突き出した。

「陽斗は威勢がええなあ」

　豪快に笑いながらハルさんからお鍋を預かって店内へ戻っていった神代さんに、私は小さく息を吐いた。

「……だから、俺は木綿より絹ごしのほうがいいって雨さんに助言したんよ。圧倒的に絹ごしのほうが需要あるねんで？　せやけどあの人、『嫌や』の一点張りでなにも聞きよらへん」

戻ってきた神代さんはハルさんと談笑しながら豆腐を鍋に移し、なにかをひたすらしゃべっていた。聞いたところによると、神代さんはどうやら雨さんの経営方針に口を挟んだらしい。

「でも僕、木綿豆腐のほうが好きやで。それに雨さんが作る木綿豆腐やからここに買いに来てるんやし」

ハルさんのその発言が聞こえたのか、中にいた雨さんがハルさんを一瞥すると少しだけ手を上げた。ほんのりと耳が赤い。

「おい神代さん、ハルと依ちゃんにゆば持たせてやってくれ」

そう言ってプラスチックのパックに詰められたゆばを神代さんに渡すと、すぐに雨さんは店の中へ戻っていった。

「ほんならね。バイバイ、神代さん」

いつもと同じ笑みを浮かべて小さく手を振ったハルさんは、私の手首をつかむと急ぎ足でその場から離れた。

「依ちゃん、僕との約束覚えてる？」

「近づかない、話しかけない、ついていかない……？」

「ん、お利口さん」

私の頭をなでたハルさんはスタスタと歩き始めた。


あれから特になにも起きずに、穏やかな日々が幾日か過ぎた土曜日の昼下がり。

「……ほんでなあ、若い女の人をや～らしい目つきで見とんねん！」

「ひゃー、怖」

いつものお馴染みのメンバー、瑠美子さん、芳江さん、明代さんがテーブルに座って、ハルさんが作ったホットケーキを頬張りながら談笑している。

「大丈夫大丈夫、うちらは圏外や」

あっはっは！と大声をあげる瑠美子さんたちに、私も思わず吹き出してしまった。

それにしても……自虐ネタさえも笑い飛ばすなんて、本当にすごい。

感心しながらテーブルを拭いていると、話題は私にも振られた。

「依ちゃんも気をつけや、神代さんが狙いそうな範囲でここらでいちばん若くてかわええのは依ちゃんやし」

ケラケラ笑いながら忠告してくれる瑠美子さんに、「私はないと思います」と苦笑いを浮かべた。

「そんなわけあるかいな！　夜はハルちゃんが送ってくれてるんし安心やけどなあ」

「せやねえ。依ちゃん、かわいええし」

最後の言葉はハルさんから発せられたものだった。

驚きで目を丸くして固まる。それと同時に、嬉しさで、私の胸が大きく波打つ。

徐々に顔に熱が集まっていくのを感じ、顔を伏せてゴシゴシとテーブルを力任せに拭く。

「にしても、雨さんはいつまで黙っとくつもりなんやろうねえ。いい加減、店のお金使われてるのも気がついてると思うけど」

「でも、神代さんが店のお金を盗ってるって、ただの噂やろ？」

明代さんがそう指摘すれば、「甘いわ、明代さん！」とふたりから突っ込まれていた。

私は台ふきんをハルさんに手渡しながら話に耳を傾ける。

「お金ある人が、毎度毎度値切ると思う？　あの人、ジャガイモ一個買うだけでも値切ってくんねんで！　大根でしばいたろかと思うたわ」

どうやら一度や二度のことではないらしく、瑠美子さんは興奮気味に鼻息荒くまくしたてる。それに確か、瑠美子さんのところの八百屋はジャガイモをバラ売りにしていなかったはずだ。

「しかも、あの人の今日の服装見た？　昨日と一緒やで！　食べ物扱う人間がそんなだらしない人なんて、信じられへんわ！」

芳江さんが、大げさに身震いして両腕をこすった。

「まあまあ、落ち着いて」

話を聞いていたらしいハルさんが、瑠美子さんたちをなだめる。

「そんなん言うたかってハルちゃん！」と留美子さんは不服そうに唇を尖らせた。

「ほらホットケーキ食べてや、冷めちゃうで」

「ああホンマや！　まあ、冷めてもおいしいのがハルちゃんの料理やねんけど」

「嬉しいなあ」

笑みを浮かべるハルさんを前に、各々にホットケーキを頬張った瑠美子さんたちは「おいし！」と感嘆の声をあげ、先ほどの話題をすっかり忘れたように味わっていた。

瑠美子さんたちが帰る頃には、太陽が傾き少しずつ夜空が広がり始めていた。

冷蔵庫の中を漁っていたハルさんが突然「あ」と声をあげる。

「どうかしました？」と声をかければ、「卵買い忘れてもうた」とハルさんが眉を下げて困ったように笑う。

その時、カランとドアベルが鳴って女子大生風のふたり組が入ってきた。

「ハルさん、買い物リストのメモくださ い。私、行ってきますよ」

ふたり組から注文をとって、ハルさんにオーダー票を手渡しながら申し出ると、ハルさんは申し訳なさそうに眉を下げて笑った。

「ごめんな、お願いします。今日は少ないからすぐ終わると思うわ」

「はい」

私はエコバッグとお金を受け取って、店を出た。


店じまいギリギリだったおかげか、ハルさんから頼まれた買い物に行った先々でたくさんおまけをもらうことができた。談笑しながら一軒ずつ回り、店へ戻る道を歩く頃にはどっぷりと日も暮れていた。頼りない街灯の下を少し早足で歩く。

その時、前方から不規則な足音が聞こえてきて思わず足を止めた。徐々にこちらへ近づいてくる。

じっと目を凝らせば、街灯に照らされたその足音の主とバチッと目が合う。

「あ」と私が声をあげれば、その人は笑顔で片手を上げて手を振りながら、そばに寄ってくる。

「こんばんはぁ、依ちゃん」

赤い頬をして呂律があまり回っていない、千鳥足の神代さん。どこからどう見てもほろ酔いだ。

『近づかない、話しかけない、ついていかない』

ハルさんとの約束が脳裏に浮かび、思わず後ずさりした。

小さく頭を下げてその横を通り過ぎようと足を速めれば、突然、二の腕をつかまれた。

「急いでんの？」

「そ、そうです。だから離してください」

頬をひきつらせながら振り返る。

けれど「ふーん」とつぶやいた神代さんは私の二の腕を離すことなく、なぜかジロジロと私を凝視してきて気味が悪かった。

「なあなあ、依ちゃんと陽斗って付き合ってんねやろ？」

何気ないそのひとことに胸がズキンと痛み、思わずさっと目を伏せた。

神代さんは、ハルさんの過去を知らないんだ……。

「どこまでいってんの？　チューは？」

ニタニタと笑いながらずいっと顔を近づけてくる神代さんに、体を反らせて後ずさる。

「あの、本当に急いでるんで……！」

勢いよく手を振り払えば、神代さんの爪が私の肌を引っかいて、うっすらとみみず腫《ば》れができた。痛みに顔をしかめる。

「ホンマにクールやなあ、依ちゃん。どれ、そのバッグ、店まで持っていったろ」

「けっこうです！」

そう言ってエコバッグを胸の前に抱えてもう体をずらすも、神代さんは懲りずに手を伸ばしてきた。

もう、しつこい。どうやって切り抜けよう……。

肩をつかまれた、その時、何者かによって勢いよく体が後ろへと引っ張られた。とん、と後頭部に硬くて温かいなにかが当たり、振り返って見上げる。

「こんばんは、神代さん」

ドアで息をするハルさんがそこに立っていた。私の肩をぐっと強く引いて、自分の方へ引き寄せる。そしてすっと目を細めると、いつもよりも少し低い声色で神代さんに話しかけた。

「依ちゃんが全然帰ってこうへんから探しに来てん。なんかあったん？」

「いやあ、なんもあらへんよ」

白々しくごまかして笑った神代さん。

「そう、ほな帰るわなあ。神代さん、おやすみなさい」

「おやすみ〜、依ちゃん」

わざと私の名前だけ呼んだのだろう。神代さんはヒラヒラと手を振りながら歩き出した。

それなのに、「あ」と思い出したように声をあげたハルさんがその背中を引き止める。振り返った神代さんに、にっこりと笑顔を向けた。

「僕んとこのかわいい依ちゃんにちょっかい出したら、ジャガイモと一緒に叩き潰してコロッケにするで〜」

途端に顔色を失くした神代さんは「お、おう」とだけ言うと、早足で去っていった。

手を振って神代さんを見送ったハルさんは、くるりと私の方に体を反転させた。そのまま私の左頬に手を伸ばして、びよんとつまんで横に引っ張る。

突然のことに目を見開いて固まっていると、ハルさんは唇を尖らせて少し不機嫌な顔を作った。

「約束破ったやろ、依ちゃん」

「や、破ってないですよ」

反論しようと口を開いたが、右の頬もびよんと引っ張られた。

「依ちゃんが遅いから、ホンマに心配してんから。神代さんに変なことなにもされてない？」

「はい」

ひとつうなずけば、ハルさんは安心したように笑って頬から手を離した。

「ほな帰ろか」とハルさんが私の手を取り、歩き出す。

そこで気がついた。秋祭りのあの日、私の手を遠慮なしに引っ張っていた手とは違うと。

少し気遣うように私の手を引くハルさんは、私の歩調に合わせるようにゆっくりと歩いてくれていた。ハルさんは今、少しずつ私を見ようとしてくれているんだとわかり、胸が熱くなった。

翌々日の月曜日、駅前商店街に衝撃が走った。

学校が終わってリスボンを訪れた私。いつもと変わらず穏やかに時間が流れていたリスボンに、慌ただしく駆け込んできたのは瑠美子さんだった。

「雨さんが、お豆腐屋さん畳むって！」

ドアが開くと同時に叫んだ瑠美子さんは、続けざまに「ハルちゃん、水」とイスに腰かける。出されたお冷を一気にあおると、大きく息を吐いた。

「雨さん、お店閉めちゃうん？」

目を丸くして聞いたハルさんに、瑠美子さんが大きくうなずく。

「いや、それがな！　なんて説明したらいいのか、うまく言葉が出てけえへんねんけど、簡単に言うたら、閉めて開くねん！」

「瑠美子さん、それ余計に難解になったで」

ハルさんは冷静に突っ込んでケラケラと笑った。

「だ〜か〜ら、形的には雨さんが今のお店を神代さんに譲って、また新しいお店を開いたってことや！」

つまり、お店のお金を好き放題使っていた神代さんを遠ざけるためには、お店を譲ったという体《てい》を装って、雨さんは違う場所に移ったということだろうか。

「へえ、すごいやん雨さん。アメンホテプがイクナートンになったわけやねぇ」

そう独りごちたハルさんに、「そやねんそやねん！」と同意するように深くうなずいた瑠美子さん。だけど少し間を置いて、「イクナートンってなんや」と首をかしげた。

「古代エジプトの王様の名前やで。イクナートンは、もともとアメンホテプという名前やったんや。その頃は王様以外にも神官って役職がおってな、国民が貢物としてささげたお金を好き放題に使って権力を持ち始めてん。だから彼は、権力を取り戻すために、都の場所を移し、神官を排除したんや。わざわざ自分の名前まで、『アメンホテプ』から『イクナートン』に変えてな」

なるほど。アメンホテプが都を移動させて神官を排除したように、雨さんも店を移動させて神代さんを辞めさせたんだ。

その時、カラン！といつもよりも数倍激しいドアベルの音がして、顔をそちらに向けた。

「いらっしゃい、神代さん」

いつも通りののんびりした声で挨拶をしたハルさん。

対照的に、歯を食いしばり目を血走らせた神代さんは大股でずんずんと店の中へ入ってきた。私たちには目もくれないで、鋭い目つきでハルさんだけをにらみつけると、バン！とカウンターのテーブルを拳で思い切り叩く。

その音に私と瑠美子さんが驚き、びくりと肩を震わせてお互いに顔を見合わせた。

「どないしてくれんねん」

ドスの利いた声だ。

だけどハルさんは、「なんのことやろか？」と明日に出すビーフシチューをお玉でかき混ぜながら首をかしげた。

「俺に黙って突然店の場所を移すなんて……ええ加減にせえ！　俺は聞いとったぞ、陽斗が雨さんに新しい場所がどうとかって言うてたんをな。どうせ雨さんに店の場所を移すように勧めたんもお前やろ！」

「嫌やわぁ、神代さん。僕はただ雨さんに、〝私利私欲に走って国のお金を自分のために使ったおバカな古代エジプトの神官〟の話をしただけやん」

クスクスと笑ったハルさんに、神代さんは「はあ⁉」と吠《ほ》えるようにカウンターに手をつき、身を乗り出してにらむ。

相変わらずふにゃりと笑ったハルさんは、ぐるぐるとお鍋をかき混ぜ続けている。

でもハルさん、それって神代さんのことですよね。

なんて言えば、火の粉がこちらまで飛んできそうで、恐ろしくて聞けやしなかった。

すると、ハルさんが目線だけを私と瑠美子さんに向け、そしてその目線を次にドアへ移した。

「依ちゃん、ハルちゃんに任せて行こか」

すすっと寄ってきた瑠美子さんにひとつうなずいて店から出ていこうと歩き出したその時、突然背後から勢いよく右腕をつかまれて引っ張られる。

「きゃっ」

肩に負荷がかかり痛みが走る。

「依ちゃん！」

ハルさんの慌てた声が店内に響いた。

「アンタもや！　俺をバカにしたような態度しやがって！」

耳元で神代さんにそう叫ばれ、腕がいっそうきつくつかまれる。振りほどこうと力を込めれば、逆に変な方向に曲げられてしまう。

あまりの激痛に顔をしかめ、うめき声をあげた、その時。

「……ええ加減にしいや」

一段と低いハルさんの声がしたかと思うと、ヒュンと頭上をなにかが通った。その瞬間、「ひいっ」と神代さんの短い悲鳴が聞こえた。

突然手を離されて、ストンと床に尻餅をつく。痛む腕をさすりながら見上げると、神代さんは直立不動で固まっていた。

その前には、無表情のハルさん。右手に持っていたお玉を神代さんの首元のギリギリのところで突きつけている。例えるならば、犯人が人質の首元にナイフを向けているような状態だった。

「熱！」

お玉から、先ほどまでグツグツと泡を吹いていた熱々のビーフシチューがたらりとこぼれて肩に落ちると、神代さんは悲鳴をあげて飛び上がった。

「……僕の店から出ていって」

どこまでも無表情でそう告げたハルさん。

「覚えとけよっ」

なんだかありきたりな捨て台詞を残して、神代さんは逃げるように店を飛び出していった。

「依ちゃん！」

お玉をシンクに放り込んだハルさんは、尻餅をついている私に手を差し出す。

「あ、ありがとうございます」

肩を痛めていない左手で、彼の手を取り立ち上がる。

ハルさんは私の手を握りしめたまま、ずんずんと私を厨房まで引っ張ってきた。そして手を離すとすぐに棚からジップロックを取り出し、淡々と中に氷を詰めていく。

その作業を終えると、ハルさんは有無を言わさず私の手を取り服の上から氷の袋を当てる。

その冷たさに身を縮めた。

「は、ハルさん」

心配そうに揺れる瞳と目が合い、「自分で、できます」と顔を赤くしながら伝える。

「……あ、そうやな。ごめん」

申し訳なさそうな表情を浮かべるハルさんから、タオルにくるまれた氷袋を受け取る。

冷やす前に服の袖をまくって確認すると、少し赤くなっていた。

「痛む？」

「少し……でも、ひと晩経てばきっと平気ですよ」

「ごめんな。怖い思いさせて」

力なく微笑んだハルさんに、私は首を横に振った。すると、労るようにそっと腕を

なでられた。

「おふたりさん、うちもここにおるねんけど」

カウンターに座り、頬杖をついてニタニタと笑う瑠美子さん。

一気に恥ずかしさが込み上げてきて、顔が熱くなった。

「はあー、ごちそうさん！　若いふたりに目の前でイチャイチャされたから、もうお腹いっぱいやわ」

茶化すように言った瑠美子さんは、あとはごゆっくりとばかりに片目をつむってウインクすると、さそくさと店から出ていった。

「……ホンマにごめん、依ちゃん」

眉を下げて、申し訳なさそうに私の顔をのぞき込むハルさん。

「本当に大丈夫ですから。それに、ハルさんが悪いわけじゃないですし。ほら、赤いところも目立たなくなってきてます」

腕を持ち上げて軽く振れば、ハルさんはまるで壊れ物を扱うような手つきで私の手

を握り、額にコツンと当てた。

「ははは、ハルさん!?」

驚いて素っ頓狂な声をあげて自分の方へ引っ張るも、負荷がかかった肩に痛みが走って力が抜けた。

「痛いの痛いの、飛んでいけ」

三度くらいそれを繰り返したハルさんは、優しく私の腕をさすった。

なにがなんやらてんやわんやで、真っ赤な顔で口を金魚のようにパクパクさせているると、ハルさんが私と目を合わせて顔をのぞき込む。

「まだ痛い？」

ブンブンと首を横に振る。

すると満足げに笑ったハルさんは、もう一度私の頭に手を乗せた。

「……それにしても、ホンマにこの商店街は壁がないのも同然やなぁ」

苦笑いで肩をすくめたハルさんは、私の頭から手を離し、すっと窓を指さした。

勢いよく振り返れば、ステンドグラスの窓からのぞいていた複数の人影がにょきっと下に隠れる。

商店街の人たちのそんな様子に、ハルさんと私はふたりで顔を見合わせ、ふふふと笑い合った。

朝晩共に身を切るような冷たい風が吹き、時たま雪もちらつくようになった今日この頃。クリスマス前で皆忙しいのと、祝日ということもあってか、今日のリスボンはとても静かだった。閉店間際の店内は、ハルさんが食器を洗う音と、瑠美子さんがリクエストしたジャズ調のクリスマスソングが静かに流れている。

テーブルを拭く手を止め、顔を上げて外を見れば、クリスマス仕様に飾られた心ばかりのイルミネーションが見えた。

期末テストも無事終わり、気がつけばクリスマスを二日後に控えていた。

視線を店内に置かれてあるオシャレなカレンダーに移す。十二月二十五日には赤色の丸がついている。

水道の蛇口をひねる音がして、流水音がやんだ。

「ハルさん、この丸はなんですか?」

そう尋ねると、食器を片付けていたハルさんが振り返る。

「依ちゃんに働いてもらって、ちょうど三カ月になる日やな」

ハルさんのその言葉にハッと思い出した。

そういえば、とりあえず三カ月間だけ働くという条件だった。

「というわけで、依ちゃん」

ハルさんがいつも通りカウンターに身を乗り出して頬杖をつき、ふにゃりと頬を緩める。

その笑顔に、私の胸は大きく波打った。

もしかして、『今までありがとう。お疲れさま』なんてことを言われるのだろうか。

次のセリフをドキドキしながら待っていると……。

「デートせえへん、僕と」

「え？」と目を丸くすれば、ハルさんが言葉を続けた。

「商店街のみんなでクリスマスパーティーするから、その買い出し。あっちこっち回るから明日はリスボン閉めるねんけど、依ちゃんにも来てほしいなあて」

「あ、ああ……そういうことですか」

思わずがっかりした声色で返事をしてしまい、取り繕うように慌てて首を振る。バクバクと大きく鼓動する胸をそっと押さえて息を吐く。

明日はちょうど終業式で、午前中には学校が終わる。「大丈夫です、行けます」と伝える。

「ほな明日、約束な」

嬉しそうに笑ったハルさんに、私は火照る頬を隠すようにうつむきながらうなずいた。

ハルさんはわかっているのだろうか。明日はクリスマスイブ。女の子にとっては大切な人と過ごしたい、特別な日だということを。
そんな日に、買い出しとはいえ『デート』と言って誘ってもらえたことが嬉しくて、胸が高鳴る。呆れるほど単純だ。だけど同時に、心の奥が苦しくなる
ハルさんの心にはやっぱりまだ朋さんがいて、私に可能性なんてないのに……。
もう慣れてしまった胸の痛みを無理やり奥底に押し込むように、私は頬を引き上げて微笑んだ。

翌日の昼下がり、ハルさんとの待ち合わせ場所であるリスボンの前まで自転車を押しながら歩いていく。

私に気がついたハルさんが手を振りながら近寄ってくるなり、目を瞬かせた。

「わあ、あまりにもかわいくてビックリした」

「あ、ありがとうございます」

いつでもストレートなハルさんの言葉に、頬を赤くして照れ笑いを浮かべた。

今日は、新しいワンピースを着て、いつも下ろしたままの髪も、慣れないコテを使って毛先を軽く巻いてみた。

どれだけ頑張ったところで、朋さんを超えることなんてできないことはわかっている。けれどやっぱり、今日くらいはハルさんに私を見てほしい。

「まずは鶏肉屋さんで、七面鳥やねえ。あと唐揚げ用の鶏肉も」

ポケットから買い物リストを取り出したハルさんは、ペンでなにかを書き足しながらつぶやいた。

それから、商店街のいろんなお店やスーパーに顔を出して、商店街の人たちと談笑しながら回っていく。デートというのは本当に名ばかりで、いつものバイト終わりの買い出しとほとんど変わらず、拍子抜けだ。

なにを期待してぃのたか、と聞かれると返答に困るが、クリスマスイブにデートに誘われれば、やはりなにかしら期待してしまう。ハルさんの『この後、どっか行こか』という言葉を、自然と待ってしまっていた。

午後三時頃、休憩にと立ち寄ったあのワッフル店でも、特別な話をするわけでもなく、店で会話する時と同じような感じだった。

放課後のバイトは制服だし、今日も制服で来ればよかったかなあ、と滅多に着ないワンピースの袖を少しだけ引っ張って苦笑いを浮かべる。

そして、『デート』とは言えないデートは、夕日が傾き出す前に終わってしまった。買った食材をリスボンに運んで冷蔵庫に入れる頃には、夕方五時を過ぎていた。

もうこんな時間か、と時計を見上げながらため息をこぼす。

結局、特別なことはひとつもなかったなぁ。

なんだかやりきれない気持ちで帰り支度をしていると、ハルさんが私を呼び止めた。

「今日はありがとう、依ちゃん。それでな、まだ時間があるんやったら、よければ明日出すお菓子の味見してくれへんかな」

そんなことを頼まれて、「はい」とふたつ返事でカウンターに腰かけた。

いつもと変わらず黙々と作業を続けるハルさんの背中を見ながら静かに目を閉じて、食器がこすれる音や泡立て器がボウルに当たる音を心地よく聞いていると……。

十分くらいして、油がパチパチと跳ねる音と共に香ばしい香りが漂ってきて、鼻をスンとする。コトンと目の前に皿が置かれた雰囲気に、そっと目を開けた。

「はい、おまちどさん」

お皿に載せられたのは、ころころした三つの丸いドーナツだった。それぞれ、チョコや粉砂糖などがまぶされていて甘い香りがする。

「いただきます」と手を合わせてつぶやくと、早速、粉砂糖のかかったドーナツに手を伸ばして口に運んだ。

油で揚げられているから、外はカリッと歯ごたえがあり、中の生地はもちもちとやわらかい。手作りなのに粉っぽさが感じられず、そして蜂蜜が入っているのか口の中に優しい甘さが広がる。

ため息を漏らすように、「おいしい……」とつぶやく。

味と食感の絶妙なバランスに目尻を下げていると、ハルさんはクスクスと笑った。

「……なにがおかしいんですか？」

怪訝な顔でハルさんを見上げれば、ハルさんは「なんでもないよ」と微笑む。

「ただ、依ちゃんはいつもおいしそうに食べんなあって」

なんだかただの食いしん坊みたいに思われてそうで嫌だなあ、と顔をしかめたが、結局はふたつ目にも手を伸ばした。これだけおいしいのに、今食べないのはもったいない。

「それな、実は今年の素麺《そうめん》の余った分で作ったドーナツやねん」

「え、素麺なんですか、これ！」

驚いて、かじったところをじっと観察するけれど、素麺らしきものは入っていなかった。

そんな私にハルさんは「そら潰してるねんから当たり前やろ〜」とおかしそうに言う。

「もちもちの正体は、素麺だったんですね」

納得とばかりにうなずいて、ホクホク顔で三つ目のドーナツに手を伸ばそうとした時、突然目の前に、青やピンク、白のかわいらしい花束が現れて目を丸くした。

「メリークリスマス、依ちゃん。ちょっと早いけど、僕からプレゼントです」

明日渡すと商店街の皆にもねだられるから、と肩をすくめたハルさんは、その花束を私に手渡した。

「え、あの……ありがとう、ございます。でも、私！　ハルさんになんにも用意してなくって、その……」

驚きと嬉しさと同時に、ハルさんへのプレゼントがなにもないことがとても申し訳なくなり身を縮める。

「そんなんええよ。三カ月間頑張ってくれた依ちゃんへの感謝でもあるからなあ」

そうフォローしてくれたハルさんに、私は「そ、そのことなんですけど！」と勢いよく立ち上がった。

目を瞬かせたハルさんは、「どないかしたん？」と尋ねてくる。

私は胸に手を当ててひとつ深呼吸して、ゆっくりと口を開いた。

「あの、まだ……ここで働いてもいいですか」

「え？」

目を見開いた顔のハルさんが私の顔をのぞき込む。

「あ、その。ダメだったらいいんです、でも私、リスボンで働くことが、大好きになったみたいで……」

最後のほうは言葉を濁しながら伝えた。

未だハルさんは固まっていて、やっぱりダメかと肩を落とした。

「いや、大歓迎やで、うちは。ただ依ちゃん、初めの頃は気乗りしてなかったし、まだ続けたいって言うてくれたことにちょっとビックリして」

でも、どないしたん？と続けたハルさんに、私は曖昧に笑った。

確かに、三カ月前ハルさんに必死に頼まれて始めたアルバイト。あの時は少々面倒なことになったと困っていたけれど、働くようになってからは、ハルさんや商店街の人たちと交流し、皆を知っていくことで、心からリスボンが、そしてこの駅前商店街が好きになっていたのだ。

今では、自分の居場所みたいに居心地がよくて、温かいこの場所を、本当に大切に思っている。

それをそのまま伝えると、ハルさんは優しく私の頭をなでた。

「こんな僕やけど、これからもよろしくな」

私は満面の笑みで「はい！」と大きくうなずいた。

その瞬間、カランとドアが開く音がして、複数の足音が店内に入ってくる。

私とハルさんが振り返ったその時、パンッと破裂音が店内に響き、目の前をカラフルなテープが飛んだ。

「依ちゃん、アルバイト延長おめでとう！」

「おめでとー！」

そこにいたのは、瑠美子さんをはじめとする商店街の人々、そしてあのスーパーの店長さんまでがいた。

ハルさんと顔を見合わせる。私たちはふたりとも、目を見開いて驚いた顔をしていた。

「いやー、明日のパーティーの準備を手伝いに来てみたら、ふたりしてなんかええ雰囲気醸し出してたから、のぞき見……じゃなくって、見守っててん」

ふふふ、と悪戯な笑みを見せた瑠美子さんに、私とハルさんはやれやれと肩をすくめた。

「ちょうどええやん、依ちゃんのアルバイト延長も決まったことやし、今から皆で宴会や！」

タツオさんのそのひとことに、商店街の人たちは「おー！」と声をあげると着々とイスやテーブルを動かし、家から持ってきたのであろう残り物をさらに取り分け始めた。

一気に賑やかになった店内に、私は頬を緩める。

ハルさんが「みんな、それ明日のクリスマスパーティーのやつやろ」と聞けば、「今日と明日なんて大差ない！」とゲラゲラ笑った瑠美子さんに一蹴されていた。

「ハル、なにか酒に合うもん作って！」

結弦さんにそうお願いされ、ハルさんは「仕方ないなあ」と、カウンターに置いてあったエプロンを身につけ厨房に入った。

「あ、持ってきた和菓子、冷蔵庫に入れといて」

喜月さんと蓮司さんが両手に紙袋を持ってハルさんの後に続く。

私がカウンターのテーブルにお皿を並べていると、スーパーの店長さんがやってきた。

「なんで僕まで……。僕、瑠美子さんとこにドレッシング買いに来ただけやのに」

ずれた眼鏡のブリッジを押し上げながらげっそりとした顔で言う。

「おい店長！　なにやってんねん、こっち来て飲めや！」

酒屋のタカさんが持ってきたのであろう焼酎瓶を掲げ、既にほろ酔いのタツオさん。

「はいはい、行きます！」と半ばやけくそで、でも少し嬉しそうに返事をした店長さんは、持参したスーパーのコロッケを私に託すと、酒盛りしている男性陣の元へ行ってしまった。

「サンタさんおるし！」

「はっ！　まだまだガキやな、塽太。サンタはおらん！」

店の端っこのテーブル席に座った世渡兄妹はまたなにか言い争っているようで、その微笑ましい光景にほっこりする。

ふふ、ハルさんが見たら『第二次世界大戦の勃発や！』なんて表現しそうだな。

「依ちゃん、はいジュース。乾杯するで」

「ありがとうございます」

オレンジジュースの入ったコップを瑠美子さんに渡されて、受け取った。

乾杯の音頭をとるべく店内の中央に立ったのはタツオさん。だいぶお酒が回っているせいか足元がよたついていて、皆に笑われている。

「それでは、依ちゃんの～……なんやっけ？」

どっと笑い声があふれる。

結局、瑠美子さんの「もうなんでもええやん、乾杯！」という声と共に、カチンとグラスが合わさる音がした。

「依ちゃん」

名前を呼ばれて振り返る。カウンターのテーブルに身を乗り出して私を手招きするハルさんと目が合った。見守るように優しく見つめられ、バクンと胸が波打つ。その時、やっと自分の気持ちがわかった。

私は、ハルさんのことが好きだ。

世界史を愛していてすぐに語り出すような変わり者で、だけど純粋に『みんなを幸せにしたい』と、おいしい料理――〝満福ごはん〟を作るハルさんが。

涙が出るほど苦しくて悲しくても、私はハルさんを嫌いになれなかった。それは、私がハルさんを好きだったから。支えたいと思ったからなんだ。

そばへ寄ると、ハルさんは「乾杯」とグラスを差し出す。

「乾杯」

自分のグラスをハルさんのそれにカチンと合わせて、ひと口あおった。

「依ちゃん、楽しそう。ええ顔して笑ってる」

目を弓なりに細めたハルさんに、私は大きくうなずいた。

「私、皆さんに会えて、本当に幸せだなって」

ゆっくりと言葉をかみしめるように思いを伝えれば、ハルさんは私の頭をポンポンと軽くなでた。

「残り物には、福があったやろ?」

ふにゃりとした笑顔を見せるハルさんに、私は微笑み返した。

確かに、残り物には福がある。私にとって、その〝福〟というのは、こうして商店街の人たちとワイワイ賑やかに過ごす時間だったり、ハルさんと笑い合える、穏やかで優しい、そしてかけがえのない時間なのかもしれない――。

End

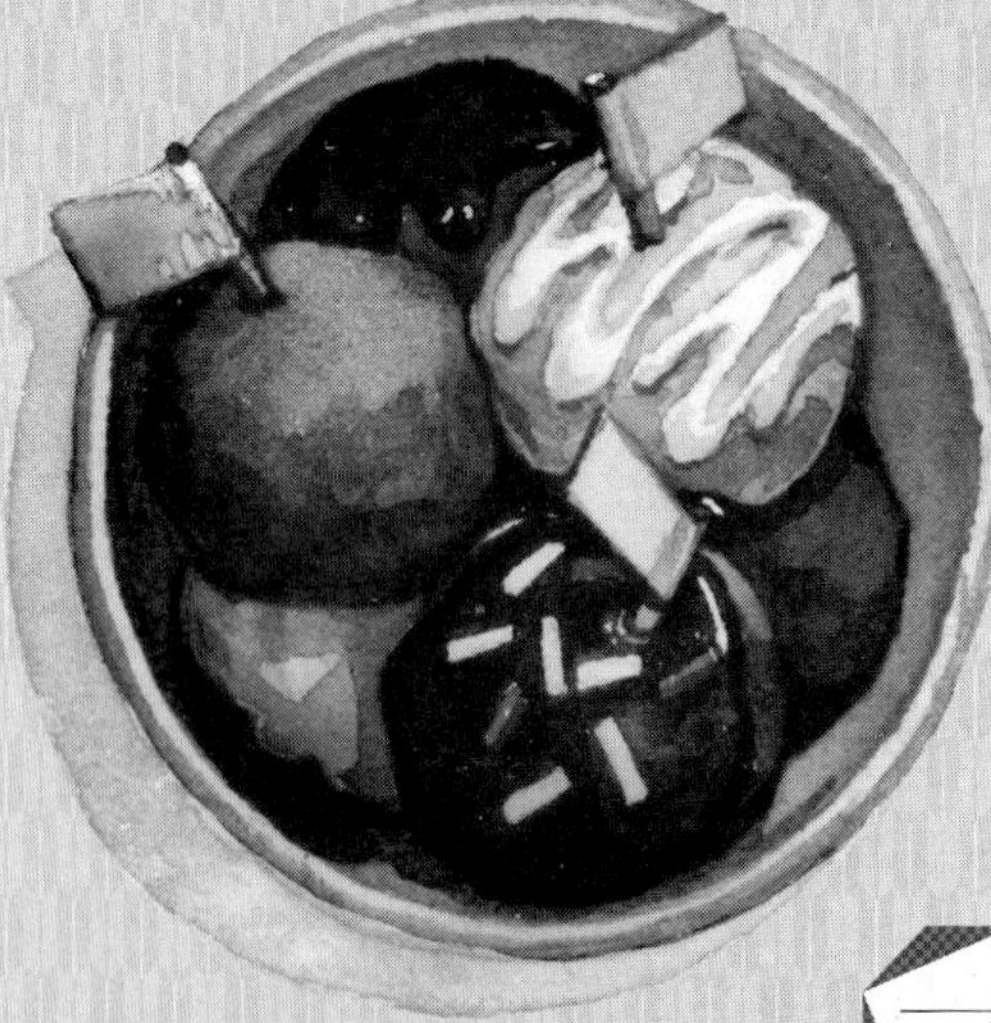

レシピ6

人をつなぐ そうめんドーナツ 福

材料（約10個分）

- そうめん………200g
- 小麦粉…………200g
- 砂糖……………100g
- ベーキングパウダー
  ……………………小さじ1
- 塩………………ひとつまみ
- バニラエッセンス…適量
- チョコレート………お好み

作りかた

1. 茹でたそうめんをめん棒で潰す
2. すべての材料をボウルに入れて混ぜる
3. お好みの形に手で成形する
   （手に小麦粉をつけると成形しやすい）
4. きつね色になるまで油で揚げる
5. お好みでチョコレートなどを上にかけたら完成

あとがき

こんにちは、三坂しほです。この度は『おまかせ満福ごはん』を手に取ってくださりありがとうございます。

本作は、『エブリスタ小説大賞2017 スターツ出版文庫大賞』のほっこり人情部門で賞をいただくことができ、書籍化の運びとなりました。

この作品を書くきっかけとなったのが、『商店街を活性化させるアイディアを出そう』という、私が通う高校の、総合の授業の課題でした。まったく案が出なかった私は「観光名所になったらいいよなあ」とぼんやり考え、そして「商店街を舞台に小説を書いたら、興味を持った読者さんが実際に訪れてくれるかもしれへん！」とひらめき、早速プロットを考え始めました。

そこでふと脳裏に浮かんだのが、「残り物には、福があったやろ？」と微笑む店員、ハルです。

よし、キーワードは『残り物』で行こう。残り物で『満福ごはん』を作る不思議な店『キッチンリスボン』。リスボンを取り巻く、賑やかで個性豊かな商店街の人々。

そして私が大好きな『教科書に載らない歴史』を絡めるとおもしろそうだ。

　そこまではトントン拍子に決まりました。しかし『ほっこり×料理』をテーマにした作品はたくさんあり、そしてどの作品も独特の世界観を持っていて、この作品を書くにあたって私だけの世界観を作り出すには時間がかかりました。

　だからこそ、生みの苦しみを味わっただけにこの作品には強い思い入れがあり、読後に少しでも『こんな商店街に行ってみたいな』と思っていただけたのならばとても嬉しいです。そしてなにか皆様の心に残る一文があったのならば、これ以上の喜びはありません。


　最後になりましたが、この場をお借りしてこのような素敵な機会をくださった小説投稿サイト・エブリスタの皆様、書籍化にあたってご尽力くださったスターツ出版の皆様、励ましてくれた作家仲間や友人、支えてくれた家族のみんなに心からお礼申し上げます。本当に、ありがとうございました。

　皆様のこれからにたくさんの〝福〟がありますよう、心からお祈り申し上げます。

二〇一八年三月　三坂しほ

参考文献

『新版　面白いよくほどわかる世界史』日本文芸社
『世界史B』東京書籍
『きめる！センター世界史』学研プラス
『最新世界史図説　タペストリー』帝国書院
『オールカラー図解　日本史&世界史　並列年表』ＰＨＰ研究所
『古代エジプトうんちく図鑑』バジリコ

この物語はフィクションです。実在の人物、団体等とは一切関係がありません。

三坂しほ先生へのファンレターのあて先
〒104-0031　東京都中央区京橋1-3-1　八重洲口大栄ビル7F
スターツ出版(株) 書籍編集部 気付
三坂しほ先生

おまかせ満福ごはん

2018年3月28日　初版第1刷発行

著　者　　三坂しほ　

発 行 人　　松島滋
デザイン　　カバー　徳重 甫+ベイブリッジ・スタジオ
　　　　　　フォーマット　西村弘美
DTP・レシピデザイン　久保田祐子
編　　集　　森上舞子
　　　　　　ヨダヒロコ（六識）
発 行 所　　スターツ出版株式会社
　　　　　　〒104-0031
　　　　　　東京都中央区京橋1-3-1　八重洲口大栄ビル7F
　　　　　　TEL　販売部　03-6202-0386（ご注文等に関するお問い合わせ）
　　　　　　URL　http://starts-pub.jp/
印 刷 所　　大日本印刷株式会社

Printed in Japan

ISBN　978-4-8137-0431-7　C0193

スターツ出版文庫　好評発売中!!

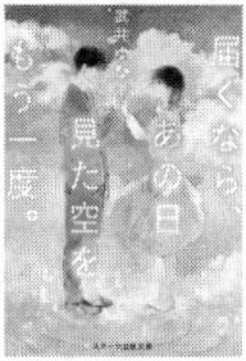

『届くなら、あの日見た空をもう一度。』　武井《たけい》ゆひ・著

何気なく過ぎていく日々から抜け出すために上京した菜乃花。キラキラとした大学生活ののちに手にしたのは、仕事の楽しさと甘いときめき。だが、運命の人と信じていた恋人に裏切られたのを機に、菜乃花の人生の歯車は狂い始め、ついには孤独と絶望だけが残る。そんな彼女の前に現れたのは年下の幼馴染み・要。幼い頃からずっと菜乃花に想いを寄せてきた要は、悩みつつも惜しみなく一途な愛を彼女に注ぎ、凍てついた心を溶かしていくが…。第2回スターツ出版文庫大賞にて特別賞受賞。"究極の愛と再生の物語"に号泣！

ISBN978-4-8137-0411-9 ／ 定価：本体540円+税

『降りやまない雪は、君の心に似てる。』　永良《ながら》サチ・著

弟を事故で失って以来、心を閉ざしてきた高校生の小枝は、北海道の祖母の家へいく。そこで出逢ったのは"氷霰症候群《アイスヘイルシンドローム》"という奇病を患った少年・俚斗だった。彼の体温は病気のせいで氷のように冷たく、人に触れることができない。だが不思議と小枝は、氷のような彼に優しい温もりをもらい、凍った心は徐々に溶かされていった。しかしそんな中、彼の命の期限が迫っていることを知ってしまい――。触れ合うことができないふたりの、もどかしくも切ない純愛物語。

ISBN978-4-8137-0409-6 ／ 定価：本体570円+税

『奈良まちはじまり朝ごはん2』　いぬじゅん・著

奈良のならまちにある『和温《わおん》食堂』で働く詩織。紅葉深まる秋の寒いある日、店主・雄也の高校の同級生が店を訪ねてくる。久しぶりに帰省した旧友のために、奈良名物『柿の葉寿司』をふるまうが、なぜか彼は食が進まず様子もどこか変。そんな彼が店を訪ねてきた、人には言えない理由とは――。人生の岐路に立つ人を応援する"はじまりの朝ごはん"を出す店の、人気作品第2弾！読めば心が元気になる、全4話を収録。

ISBN978-4-8137-0410-2 ／ 定価：本体590円+税

『れんげ荘の魔法ごはん』　本田晴巳《ほんだはるみ》・著

心の中をのぞける眼鏡はいらない―。人に触れると、その人の記憶や過去が見えてしまうという不思議な力に苦悩する20歳の七里。彼女は恋人の裏切りを感知してしまい、ひとり傷心の末、大阪中崎町で「れんげ荘」を営む潤おじさんのもとを、十年ぶりに訪ねる。七里が背負う切なくも不可解な能力、孤独…すべてを知る潤おじさんに、七里は【れんげ荘のごはん】を任せられ、自分の居場所を見出していくが、その陰には想像を越えた哀しくも温かい人情・優しさがあった――。感涙必至の物語。

ISBN978-4-8137-0394-5 ／ 定価：本体530円+税

書店店頭にご希望の本がない場合は、書店にてご注文いただけます。